T0381150

Le SOLDAT *Aux* BOUTONS DORES

VERSION ADAPTÉE POUR LA JEUNESSE

Miriam Steiner Aviezer

Traduit de l'anglais par Stéphane Baldeck

Version original publiee sous the title "Vojak z zlatimi gumbi" par Mladinska knjiga,Ljubljana,1964
Publiee en hebreu par Moreshet,Tel Aviv,1977,1988
En croate par Cesarec,Zagreb, 1980
En anglais sous the title "The Soldier with the Golden Buttons" par Yad Vashem, Jerusalem, 1987,2005
Yad Vashem detient des droits pour ledition anglase.

AuthorHouse™ UK
1663 Liberty Drive
Bloomington, IN 47403 USA
www.authorhouse.co.uk
UK TFN: 0800 0148641 (Toll Free inside the UK)
UK Local: 02036 956322 (+44 20 3695 6322 from outside the UK)

En raison de l'évolution rapide de l'internet, les
adresses électroniques et les liens contenus dans ce livre
peuvent ne plus être valides depuis sa publication.
L'auteur est le seul responsable des idées exprimées
dans cet ouvrage, elles ne reflètent pas nécessairement
2 celles de l'éditeur qui se décharge de toute responsabilité pour elles.

Toutes les images de personnes qui proviennent du
stock de Getty Images sont des modèles, et ces images ne
sont utilisées que dans un seul but d'illustration.
Certain stock imagery © Getty Images.

Yad Vashem détient des droits pour l'édition
anglaise de Yad Vashem.

Ce livre est imprimé sur du papier sans acide.

ISBN: 978-1-7283-7970-8 (sc)
ISBN: 978-1-7283-7971-5 (e)

Publié par AuthorHouse 02/17/2023

Ceci est la première adaptation pour la jeunesse
publiée au États Unis.

authorHOUSE®

Miriam Steiner-Aviezer

LE SOLDAT AUX BOUTONS DORES

Version adaptée pour la jeunesse

Contents

*A la mémoire de Nicole et de tous les enfants
déportés pendant l'holocauste*

Avant-propos

En 1946, à Crikvenica sur le bord de la mer Adriatique, le Comité juif américain de distribution organisa un camp de vacances pour des enfants juifs rescapés de l'Holocauste. Presque tous ces enfants avaient été internés dans un des camps de la mort en Yougoslavie. L'horreur était encore toute fraîche dans leurs esprits et elle imprégnait leur comportement - leur façon de manger, de parler et de jouer sur la plage.

Mais c'était pendant la nuit, au lit, que les épreuves vécues revenaient dans leur totalité et alors, dans l'obscurité, les enfants se racontaient leurs histoires. J'ai été l'une de ces enfants et moi aussi, j'ai raconté mes histoires. Nous avions tous en commun l'incapacité de décrire nos sentiments – et même le simple fait d'exprimer tout notre amour pour notre maman.

Ces histoires, racontées quelques mois après les événements, je les ai combinées dans ce livre afin d'écrire celle de Biba.

Le livre a été écrit à l'origine en Slovène et publié à Ljubljana, en Yougoslavie.

Jérusalem, 1987 Miriam Steiner-Aviezer

Chapitre premier

Le brouillard matinal finissait de se dissiper au-dessus du village. Les bergers menaient leurs troupeaux vers les pâtures, ils avaient des paniers pour ramasser les champignons et les baies qui abondaient dans les bois à cette période de l'année. La troupe s'écoulait lentement, frayant son chemin entre les maisons du village dans un grand concert de bêlements et de tintements de clochettes.

Le petit village s'éveillait.

Des panaches de fumée s'élevaient au-dessus des toits, sortant des cheminées par grosses bouffées comme si on les avait poussés. Les housses apparaissaient aux rebords des fenêtres, suivis par les têtes de paysannes endormies en train d'aérer oreillers et édredons, elles s'appelaient et commençaient à bavarder. Les hommes allaient au puits chercher de l'eau, écoutaient les nouvelles matinales de leurs voisins et s'en retournaient vers leurs maisons qui sentaient bon le café et le pain frais.

Le village reprenait vie.

De jeunes filles apparaissaient sur la route, habillées de larges jupes qui venaient d'être lavées, laissant voir un bord de jupon amidonné. Leur nombre augmentait tandis qu'elles traversaient le village et que d'autres filles les rejoignaient tout le long du chemin jusqu'à la gare ferroviaire. Là, comme chaque matin de la semaine, elles prendraient le train pour se rendre en ville y apportant des œufs, du lait, du fromage, de la crème et des baies, ainsi que les odeurs estivales des prairies, de la forêt et de la ferme. Enfin arrivaient les femmes trimballant des bassines et des planches à laver en bois, elles descendaient jusqu'à la rivière où elles chanteraient, bavarderaient et plaisanteraient tout en lavant le linge.

Les grands enfants se rendaient à l'école mais les plus jeunes se dirigeaient vers la pente près de la grande maison, et comme s'ils s'étaient donné le mot, couraient vers la voie ferrée afin de voir le train matinal.

De loin, ils pouvaient l'entendre se rapprocher – d'abord un sifflement joyeux, puis la locomotive elle-même apparaissait tournant autour de la colline, immense monstre débonnaire se ruant vers eux. Un fin nuage de fumée s'en dégageait alors qu'elle passait et elle émettait un sifflement éraillé comme si elle voulait saluer les enfants : « Bonjour à tous ! A demain ! ». Elle tirait une file de wagons aussi facilement que s'ils avaient été des boîtes de cartons.

Les enfants couraient le long du train, riaient, saluaient de la main et criaient « Bon vent ! » tant que le dernier wagon n'avait pas encore disparu derrière le tournant. Puis le sifflement déclinait et ils restaient silencieux à côté des rails, fixant la direction du train invisible, imaginant qu'ils étaient assis à l'une de ces fenêtres et qu'ils fonçaient en dépassant les forêts, les villages et les villes, et continuaient jusqu'à l'arrivée dans la capitale. Là-bas, dans cette grande cité, se trouvaient de larges trottoirs pavés à la place des chemins boueux, de hautes maisons à plusieurs étages, des tramways et des voitures à essence, des vitrines remplies de jouets, de livres et de beaux vêtements. Ils s'étaient mis d'accord sur le fait que si l'un d'entre eux avait un jour l'occasion de prendre le train, tous les autres lui feraient de grands signes jusqu'à ce qu'il ne soit plus qu'un point minuscule près de la fenêtre.

Les derniers résidus de fumée et d'odeurs de charbon s'étaient dissipés, et les enfants finissaient par quitter la voie ferrée pour rejoindre le flanc de la colline qui bordait la rivière, où se trouvait leur terrain de jeux habituel.

Aujourd'hui, c'était au tour de Maria d'organiser les jeux. Depuis peu, ils avaient décidé de nommer chaque jour un « délégué des jeux » différent, sur le modèle du délégué de classe que les grands avaient à l'école. L'enfant qui aurait remporté le plus de jeux durant la journée serait le délégué de la journée suivante.

C'était un monde nouveau, une nouvelle responsabilité. Le délégué maîtrisait tout. Il pouvait inventer de nouveaux jeux, choisir des aides si le jeu le demandait, et même décider de ne pas jouer du tout, dans ce cas, tout le monde devait rester tranquille toute la matinée sans rien faire. Biba espérait que l'on jouerait à cache-cache. Elle avait découvert une cachette fantastique où personne ne pourrait la dénicher et elle était sûre de gagner. Alors son rêve se réaliserait : le lendemain, elle deviendrait la déléguée des jeux.

Maria s'acquittait de sa tâche très sérieusement. Elle fronçait les sourcils, réprimandait, donnait des ordres : « Venez tous ! Toi aussi Mojca ! Silence ! Tu m'as entendue, Breda !… Écoutez-moi : aujourd'hui j'ai choisi deux jeux. D'abord on va jouer à cache-cache, et ensuite à la balle au prisonnier."

"Hourra ! » cria Biba. C'était un mot nouveau qu'elle venait d'apprendre de son père et en l'utilisant elle se sentait vraiment grande.

"Et pourquoi on ne pourrait pas d'abord jouer à la balle au prisonnier ? » demanda Luka.

"Parce que c'est moi qui décide aujourd'hui. J'ai dit cache-cache en premier et je ne veux plus rien entendre là-dessus. Allez, on commence à compter !"

Ils se rassemblèrent autour d'elle, mains derrière le corps, têtes penchées, et Maria commença à compter en touchant chaque tête après l'autre :

"Plouf-plouf, ça sera toi au bout de trois, un, deux, trois, mais comme la reine et le roi ne le veulent pas, ça ne sera pas toi... » Biba était terrifiée à l'idée d'être désignée en dernier et d'avoir à rechercher les autres, ainsi quand elle fut choisie en troisième position, elle glapit et sautilla de joie plusieurs fois autour du grand chêne. Ce fut Breda qui fut désignée la dernière ; elle venait de se placer contre le chêne, les mains sur son visage et Biba allait s'élancer pour atteindre sa nouvelle cachette quand une voix se fit entendre au loin : « Biba ! Biba !"

Tout le monde se tourna en direction de la voix et Tonček apparut. Il aurait dû se trouver à l'école mais il était resté à la maison car il avait mal à un œil. Ils le regardèrent dévaler la colline, agitant les bras, puis ils attendirent qu'il reprenne son souffle. Hors d'haleine, il se tourna vers Biba et lui dit :

"On te demande."

"Moi ? Pourquoi ? Ce n'est pas encore l'heure du repas. Je ne veux pas partir."

"Tu dois y aller. Ton papa veut te voir."

"Papa ? » Elle était surprise. « Mon papa est à la maison ? Nous avons de la visite ?"

"Je crois que oui. Tout le monde est là-bas. Dépêche-toi."

Biba pensa que c'était vraiment dommage de partir au moment où elle avait une si belle chance de gagner.

"S'il-te-plaît, demanda-t-elle à Maria, pourriez-vous jouer à la balle au prisonnier jusqu'à mon retour ?"

"Bon, d'accord. Mais ne traîne pas."

Biba les quitta en courant. Elle se retourna après quelques mètres pour vérifier si Maria respectait sa promesse, puis, satisfaite, reprit sa course. Elle gravit rapidement la colline jusqu'à la grande maison, et se demandait qui pouvait bien être ce visiteur inattendu.

Et si c'était oncle Zvonko ? Il vient toujours au moment où ne l'attend pas. Il surgit d'un coup avec sa grosse voiture et son klaxon bizarre qui rameute tous les enfants. D'habitude il lui apporte aussi un beau cadeau. Puis il emmène tous les enfants faire un tour dans le village, dans un concert assourdissant de bruits divers et de coups de klaxons. Il lui aura probablement apporté cette grande poupée avec un jupon en dentelle noire.

Mais peut-être n'était-ce pas oncle Zvonko après tout ? Peut-être que c'était Grand-mère ?

Oh, mais si c'était Grand-mère, alors il fallait s'arranger. Biba s'arrêta un moment pour vérifier si ses ongles étaient propres, son col net ; elle nettoya ses chaussures boueuses dans l'herbe puis reprit sa marche en prenant garde à ses pas, pensant à toutes les instructions qui devançaient chacune des visites de Grand-mère. Elle pouvait se voir montant les escaliers menant au vaste salon réservé aux visiteurs et aux grandes occasions. Elle garderait les yeux baissés en entrant dans la pièce, à cause des tableaux effrayants accrochés aux murs, tout en faisant attention à ne pas sortir de l'étroit tapis rouge qui menait au fauteuil de grand-mère. Grand-mère s'y tiendrait bien droite, habillée très probablement d'une robe en dentelle noire à col redressé, Papa et Maman debout à ses côtés et répondant à ses questions. Biba ferait une révérence de ballerine, Grand-mère sourirait et ouvrirait ses bras en grand. Alors Biba, heureuse d'en avoir fini avec les formes, sauterait sur les genoux de grand-mère, l'étreindrait, l'embrasserait et s'épancherait à volonté.

Biba adorait Grand-mère. A la vérité, l'apparence de Grand-mère était souvent austère – elle était sévère, raide, et bougeait avec difficulté - mais Biba avait toujours pensé que derrière ce front et ces yeux sérieux se cachaient un sourire.

Grand-mère lui racontait des histoires – toujours les mêmes - mais Biba ne pouvait pas vraiment les apprécier car elle ne comprenait pas bien la langue[1] parlée par sa grand-mère. Elle finissait toujours par se lasser au milieu de l'histoire et n'arrivait jamais à savoir si le prince épousait la princesse, si la sorcière était punie et les enfants, sauvés. Après les histoires viendraient les cadeaux. Il s'agirait probablement de l'une de ces petites boîtes en velours dans lesquelles on conserve bagues, broches et camées. Mais avant même que Biba n'ait eu la moindre chance de les ouvrir, Papa la rangerait dans le grand coffre en fer qu'il était le seul à pouvoir ouvrir, et grand-mère dirait dans sa langue :

"Tu pourras les porter quand tu seras grande."

Puis grand-mère voudrait parcourir le jardin afin de voir si les arbres fruitiers qu'elle et Biba avaient plantés étaient en fleurs. Biba lui apporterait sa canne et elle en serait remerciée par un autre baiser sur le front.

On disait que jadis, Grand-mère avait été elle-même une petite fille qui se bagarrait avec d'autres enfants, lançait des pierres, grimpait aux arbres, jouait à cache-cache, hurlait, se tortillait. Voilà ce qu'on disait, mais Biba connaissait la vérité.

Elle atteignit la grande maison avant de savoir à coup sûr si c'était oncle Zvonko ou Grand-mère qui étaient là et s'arrêta subitement. Le village en entier s'était rassemblé : tante Lizinka, les domestiques, les paysans, tout le monde. Ils se tenaient tous là et regardaient Papa, très pâle, en train de leur expliquer quelque chose tout en réconfortant d'un bras Maman qui gémissait et pleurait. Un instant, Biba se contenta de les regarder, étonnée et quelque peu effrayée. Qu'est-ce qui avait bien pu amener Papa à sortir de la maison sans manteau et tête nue et de se montrer en bretelles devant des étrangers, et d'enlacer maman aux yeux de tous !

Biba se rapprocha indécise. Tous l'aperçurent en même temps et un soupir se propagea dans la foule : « Voilà Biba maintenant."

Quelle bizarrerie d'être l'objet d'une telle attention.

Et Maman se rua sur elle, la pressa dans ses bras et commença à l'embrasser de ses lèvres toutes humides et salées :

---

[1] l'Allemand

"Oh, pauvre petite Biba, quel mal as-tu jamais fait ? Oh, mon Dieu – Pourquoi ? Pourquoi ?"

"Maman ? » chuchota Biba, inquiète, mais comme maman ne pouvait s'arrêter de pleurer, Biba commença à nettoyer les larmes de sa mère, l'étreignant, l'embrassant et tentant de la consoler, sur le point d'éclater elle-même en sanglots.

Papa les rejoignit. Il embrassa la tête de Biba puis les laissa entrer parlant tout le temps à maman et disant :

"Ah Zora, calme-toi, nous devons être raisonnables maintenant, il ne nous reste plus qu'une heure."

Malgré son désarroi, Biba put tout de même saisir que c'était la toute première fois qu'elle avait entendu Papa appeler Maman par son prénom ; et cela aussi la persuada que quelque chose de très inhabituel s'était produit.

Dans la maison, tante Lizinka la libéra de l'étreinte de Maman et la confia à la domestique Francka ; ensemble, elles allèrent dans la cuisine. Biba se hissa sur une chaise puis s'assit en fixant le plafond - pensive, essayant de trouver un sens à ce qui se déroulait autour d'elle. Pourquoi donc Francka essuyait son visage du coin de son tablier et semblait errer dans la cuisine comme un étrangère ?

Biba la regarda un temps en silence, puis osa une question.

"Francka, » dit-elle avec précaution, « Que s'est-il passé ? » Pourquoi tout le monde pleure-t-il ?"

Pour toute réponse Francka éclata de nouveau en sanglots et Biba dut se résigner à attendre. Elle était plutôt habituée à voir Francka pleurer. Francka se mettait à pleurer si quelqu'un la complimentait pour son gâteau, si le chœur avait bien chanté pendant la messe dominicale ; elle pleurait à l'occasion des bonnes nouvelles et deux fois plus fort pour les mauvaises. Elle pleurait tout le temps, elle semblait ne pas connaître d'autre moyen pour exprimer ses sentiments.

Cependant, aujourd'hui c'était différent. Elle n'était pas seule à pleurer. Tante Lizinka pleurait aussi, ainsi que les paysannes, et tout le monde, et aujourd'hui Maman pleurait.

Francka lui servit un bol de soupe, mais Biba croisa résolument ses mains derrière elle et se renfonça sur sa chaise.

"Je ne mangerai pas avant que l'on me dise pourquoi tout le monde est en train de pleurer."

"C'est que nous sommes tous tristes à cause de votre départ."

"Qui part ?"

"Toi Biba. Toi et ton papa et ta maman."

"Mais pourquoi ? Et où ?"

"En voyage."

"En voyage ? Mais où ?"

"Très loin, ma chérie, si loin..."

Comme une nouvelle crise de larmes semblait imminente, Biba, effrayée à l'idée que cette passionnante conversation allait prendre fin, continua en vitesse :

"D'accord, mais où ? Un voyage pour aller où ?"

"J' sais point. Seulement que c'est très loin."

"En voyage."

"Moui."

"En train ?"

"Pour sûr, en train. Comment sinon ?"

Biba pensa aussitôt au train du matin, et à cet accord des enfants au cas où l'un d'entre eux prendrait le train, tous les autres courraient le long des rails en agitant les bras aussi longtemps qu'ils le pourraient. Et maintenant, c'était elle qui allait se trouver derrière l'une de ces fenêtres, saluant tous ses amis jusqu'à ce qu'elle ne soit plus qu'un point, jusqu'à ce que le train disparaisse derrière la colline. Serait-elle vraiment la première à voyager dans ce train ? Ou alors est-ce que Francka ne lui disait pas cela pour lui donner du courage et la faire manger ?

Biba eut une expression grave et concentrée.

"Me dis-tu la vérité Francka ? C'est vrai que je vais partir en train ?"

"Croix de bois !"

"Je vais partir en train, » se répéta Biba rêveusement. « Dans un vrai et grand train… Et c'est pour cela que tu pleures Francka ? Mais Francka, ce n'est pas dangereux du tout ! Tu pourrais même nous accompagner. Tu veux que je demande à papa ?

"Oh ma caille, je viendrais avec vous si je le pouvais. Je vous suivrais partout. » Alors elle éclata à nouveau en sanglots, et Biba tenta de la réconforter :

"Ne pleure pas Francka. Regarde je vais manger toute ma soupe, et… plus jamais je ne lécherai la crème de tes gâteaux, et jamais-jamais plus je ne ferai peur aux poulets..."

Mais tout cela ne semblait que rendre Francka encore plus malheureuse. A chaque mot elle pleurait plus fort, elle finit par se laisser tomber sur une chaise, se recouvrit la tête de ses bras et sanglota si fort qu'elle en faisait trembler la table. Biba pensa que désormais ce n'était pas très poli de continuer à manger mais qu'il était de son devoir de tenter de consoler Francka. Mais soudain Francka bondit comme si elle avait oublié quelque chose d'important et avec force aller-retours entre la cuisine et le cellier elle se dépêcha de remplir un panier de nourriture. Cela prouvait à coup sûr qu'ils partaient en voyage.

Enfin convaincue, Biba mangea rapidement afin de partir plus tôt et de révéler la bonne nouvelle à ses amis.

Tante Lizinka entra dans la cuisine. Biba allait lui demander si elle savait qu'ils partaient en voyage mais la vue de son visage éploré l'en empêcha. Tante Lizinka changea les vêtements de Biba puis s'agenouilla afin de lui lacer ses chaussures.

Assise, Biba contemplait les larmes qui coulaient lentement sur le visage de sa tante ; à peine apparaissaient-elles dans les yeux qu'elles roulaient et descendaient le long des joues, puis de nouvelles larmes se formaient. Quelle étrange chose que les larmes. D'où venaient-elles après tout ? Mais elle n'eut pas le temps de tirer ça au clair. Il fallait qu'elle fonce dans le vestibule pour dire au-revoir à tout le monde.

Tous les domestiques étaient présents. Et il y avait aussi Ivica, qui apparut rapidement, essoufflée, ses longues nattes décoiffées et son visage - toujours souriant d'habitude- ne montrant maintenant aucune trace de gaieté. Elle jeta sur Biba un long regard ému, ouvrit la bouche pour dire quelque chose puis la referma. D'autres personnes étaient venues également, des amis de Papa, le juge, le docteur, l'instituteur, le notaire et même le prêtre; et encore des villageois, des dames. Beaucoup pleuraient. Biba sentit qu'elle aurait dû pleurer elle aussi. Le problème était qu'elle ne savait pas comment ouvrir ce robinet mystérieux. Elle se frotta les yeux et arbora un visage livide alors qu'elle embrassait les gens pour faire ses adieux, persuadant tout le monde qu'elle était effectivement en train de pleurer. Mais en fait elle désirait voir ses amis. Ils devaient déjà être au courant et l'attendaient près du grand chêne.

Elle finit par saisir une occasion et déguerpit – elle venait de les apercevoir tous devant sa maison ! Elle leur cria de loin :

"Je pars en voyage, en train !"

S'étant rapprochée, la voix tremblante d'excitation, elle répéta : « Je pars, je pars en train !"

"En train ! » Elle se répéta plusieurs fois, car il lui semblait qu'ils ne la comprenaient pas : ils se tenaient silencieux, sans un mot, se contentant de la regarder.

"Vous ne m'avez pas entendu ? Je pars en train – le grand train avec la locomotive. Vous allez devoir courir le long des rails et me saluer comme on l'avait dit."

Mais ils restaient muets, ne semblaient pas contents, sans la reprendre, ils ne faisaient que rester à la regarder en silence.

"Vous n'avez pas entendu ce que je viens de dire ? Je pars. Nous allons seulement partir quelques temps. Tout est prêt, la nourriture, les affaires, et nous allons partir bientôt, je serai dans le train… Quels cadeaux voulez-vous que je vous ramène de mon voyage ? … Mais vous n'avez pas à me le dire - Je le sais déjà. Pour toi Tonček, un fusil à plombs pour tirer sur les moineaux ; pour Breda une poupée avec de vrais cheveux et une jupe en soie ; pour Mojca – une grande boîte de chocolats dans du papier argenté ; pour Maria - un livre d'images ; et pour toi Luka… soit des moules à biscuits, soit un ours en peluche qui pleure. Bon et bien maintenant nous devons nous dire au revoir..."

Elle se rapprocha, tendit sa main, mais personne ne réagit à son geste. Ils semblèrent même reculer un peu. Elle les regarda, interloquée.

"Mais qu'est-ce qui vous arrive ? Pourquoi donc vous ne faîtes que rester à me regarder ? Parlez ! Qu'est-ce que vous avez à me regarder ?

Alors Tonček lui demanda sèchement :

"C'est vrai que t'es juive ?"

Juive ? Qu'est-ce que c'était que ça ? Pourquoi serait-elle juive ? Et de toute façon, qu'est-ce que cela signifiait ? Personne ne l'avait jamais appelée comme cela. « Biba » voilà comment tout le monde l'avait toujours appelée, et pas « juive ». « Biba chérie » oui et parfois « méchante Biba » ou « Biba la têtue, » mais jamais « juive. » Peut-être qu'elle avait mal compris.

"Qu'est-ce que tu as dit, Tonček?"

"J'ai dit que t'étais *juive.*"

"Juive ?»

"Oui, juive."

"Mais non, je n'ai jamais été juive !"

"Si, tu es juive !» cria Breda. « Menteuse ! Tu es juive, comme ton papa et ta maman ! Tout le monde le dit."

Ils criaient tous sur elle maintenant, tous ses amis, et ils la regardaient avec aversion et hostilité.

"Tu mens ! » hurlaient-ils, et Biba les contemplait, blessée et interdite. Mais pourquoi diable prétendaient-ils qu'elle leur mentait, qu'elle leur avait toujours menti et les avait trompés, qu'elle ne leur avait pas fait savoir pendant tout ce temps qu'elle était quelqu'un d'autre, et pas seulement Biba ? Mais qu'était donc cette autre chose ? Que pouvait-elle bien être ? Qu'est-ce que ça voulait dire : être juive ? Elle pensa que cela devait être une chose vraiment horrible si cela les amenait tous à se détourner d'elle, à la regarder comme si elle n'était plus l'un des leurs.

Et soudain ils partirent tous, se dispersant comme des oiseaux apeurés.

Un soldat se trouvait en face d'elle. Jeune, grand, un fusil à la main. Un vrai fusil, comme celui que l'oncle Zvonko prenait pour chasser. Biba le regarda comme s'il s'agissait d'un événement légèrement étrange mais bien réel qui n'avait rien à voir avec elle.

Papa était là également. Il vint et s'accroupit devant elle, et elle comprit qu'il allait dire quelque chose de très important.

"Écoute bien, Biba, » commença-t-il, sa voix était basse et douce, mais Biba saisit l'urgence de cette prise de parole. « Tu es une grande fille, et tu sais qu'il y a des choses que l'on doit faire même si on n'en a pas envie. Bon, tu vois ce soldat ? Il ne va pas te faire de mal et tu n'as pas à en avoir peur, mais à partir de maintenant il va nous accompagner tout le temps. Tu devras faire tout ce qu'il te dira, et il faudra que tu restes toujours à nos côtés. Tu vas donner la main à Maman et agir comme je te l'ai indiqué. C'est bien compris ?"

"C'est bien compris, » répondit Biba avec sérieux, se rendant compte que pour une raison incompréhensible elle se souviendrait de chaque mot prononcé par Papa.

Ils descendirent la colline, suivis par le soldat. Derrière lui marchaient tous les autres – les domestiques, les amis de papa et maman, les paysans, les enfants. La foule grossissait après chaque prairie, les gens accourant pour savoir ce qu'il se passait. Les amis de Biba finirent par courir au-devant, ayant dépassé tout le monde pour atteindre la gare les premiers et se poster devant l'entrée, comme ils faisaient à chaque fois qu'une personne du village allait partir.

Ils arrivèrent. Le soldat laissa tante Lizinka et Francka les accompagner sur le quai, mais les autres durent rester près du portail. Biba connaissait tous les recoins et chaque banc de la gare. Elle savait où se trouvaient les entrepôts, le bureau de poste, la salle d'attente, le bureau du chef de gare ; elle savait où étaient les wagons de marchandises et les voitures de voyageurs et comment on abaissait la barrière. La seule nouveauté aujourd'hui était le drapeau sur le toit. Jamais encore elle ne l'avait vu : c'était un drapeau rouge avec un drôle de signe noir.

Le train était déjà à quai et le soldat les fit monter aussitôt, sans leur donner le temps de se dire au-revoir. Ils gravirent la haute marche et refermèrent aussitôt la porte derrière eux puis se dirigèrent vers un compartiment. Sur le quai juste en-dessous de leur fenêtre, tante Lizinka et Francka pleuraient, et tous les autres les regardaient derrière le portail. Presque tout le village se trouvait là, quelques retardataires se dépêchant encore de rejoindre la foule. Biba continuait de fixer ses amis qui se trouvaient au premier plan, penchés sur le portail.

Tante Lizinka essaya de dire quelque chose, et Biba s'efforça d'ouvrir la fenêtre, mais le train s'ébranla avant qu'elle n'ait pu la relever. Maman se redressa vivement et plaqua ses paumes sur la vitre, remuant les lèvres. Biba sentait en elle le trouble l'envahir : ils partaient vraiment comme cela, sans plus de préparatifs ? Tante Lizinka et Francka bougeaient en même temps que le train, courant à ses côtés comme si elles venaient de se souvenir qu'elles avaient décidé de monter elles aussi et qu'elles tentaient de le rattraper. Elles crièrent quelque chose, mais leurs voix se noyèrent dans le bruit des roues.

Biba les salua de la main. Elle se pencha au-dessus de la fenêtre - elle avait enfin réussi à la relever avec l'aide de Papa - appelant ses amis par leur nom, mais ils restaient derrière le portail – immobiles, sans lui répondre, ne courant pas le long du train et ne la saluant pas. Le train prenait de la vitesse, mais Biba continuait à saluer, elle espérait qu'au moins l'un d'entre eux lèverait une main en signe d'adieux.

Le train se rapprocha du tournant. « Au revoir ! » cria-t-elle aussi fort qu'elle le pouvait, mais elle savait qu'ils ne pouvaient plus l'entendre.

Le train fonçait désormais, et avant que Biba n'ait pu rassembler ses pensées et se rendre compte qu'elle était en train de voyager, le village avait disparu, la gare et les enfants étaient loin derrière, et à la fenêtre n'apparaissaient plus que forêts et collines.

Biba se renfonça dans son petit coin. Pourquoi ne l'avaient-ils pas saluée ? Ils s'étaient pourtant mis d'accord là-dessus, n'est-ce pas ? Comment avaient-ils pu se contenter de rester derrière le portail et de la regarder en silence? De ne pas lever les mains, de ne pas lui dire « au revoir » ou « bon vent », et quand la petite Liza avait voulu courir le long du train, Maria l'en avait empêchée. Pourquoi ? Mais pourquoi donc ?

Papa aurait pu sans doute tout expliquer, mais il était occupé – à donner des pilules à Maman et à la consoler. Pourquoi Maman pleurait-elle? Qu'est-ce qui la rendait si triste ? Pourquoi fallait-il qu'ils chuchotent tout le temps ? Pourquoi papa répétait-il inlassablement « Calme-toi Zora, calme-toi ? » Jamais elle n'avait vu Maman si malheureuse. En y réfléchissant, jamais auparavant elle ne l'avait vue pleurer. Elle pensa se lover dans les bras de Maman afin de la réconforter et de lui essuyer ses larmes.

Peut-être que cela l'aiderait si Biba lui confiait qu'elle aussi, elle se sentait malheureuse parce que les enfants ne lui avaient pas fait de signe de la main, et que personne ne lui avait dit « au revoir » ni « bon vent ». Eh bien, elle saurait leur montrer. Elle leur dirait tout ce qu'elle avait sur le cœur quand elle rentrerait ! Ou plutôt - elle n'en ferait rien. Elle apporterait un cadeau à chacun, comme promis. Papa lui donnerait de l'argent. Lorsqu'il revenait de voyage il avait toujours des cadeaux pour ses amis. Elle se tourna vers lui : il était en train de caresser les cheveux de Maman, l'éventant à l'aide d'un morceau de carton, donnant l'impression qu'il ne savait pas trop quoi faire.

"Papa, où allons-nous ? » La question avait surgi si soudainement qu'elle en fut elle-même surprise.

Papa ne dit rien, ce qui était inhabituel : il se donnait pour règle de toujours répondre à toutes ses questions. Peut-être qu'il ne l'avait pas entendue ? Elle allait la répéter quand il dit - tout bas pour ne pas réveiller Maman qui s'était assoupie la tête sur son épaule :

"Nous allons voir tante Ksenia."

"Vraiment ? » dit Biba, « mais alors, je pourrais prendre le vélo de Vid ?"

"Bien entendu."

Maman ouvrit les yeux, sourit et ouvrit ses bras. Biba s'y précipita, étreignant maman avec force, ravie de la voir heureuse à nouveau. Maman commença à lui expliquer tout ce qu'ils allaient voir dans la grande ville où ils se rendaient et qui il allaient rencontrer. Puis Biba lui parla des cadeaux et ce qu'elle projetait d'offrir à chaque enfant, et Maman lui conseilla d'abandonner l'idée des chocolats car ils allaient fondre en chemin. Papa lui promit de lui donner de l'argent, et Biba fut inondée de joie. Tout semblait rentrer dans l'ordre : Maman ne pleurait plus, ils avaient arrêté de chuchoter, ils lui parlaient de nouveau comme à leur habitude, et Maman avait même ri une fois. Elle donna un baiser à chacun et se tourna vers la fenêtre.

De hauts arbres poussaient le long des rails, s'éloignant rapidement, comme s'ils se ruaient quelque part. Les arbres les plus éloignés semblaient constamment intervertir leur place les uns avec les autres, on aurait dit un jeu de chaises musicales. Des hirondelles étaient posées sur les fils électriques, et plus elle les regardait, plus elle était sûre qu'il n'y avait pas de fil et que les hirondelles lévitaient. C'était miraculeux, mais possible. Ivica, qu'elle accompagnait souvent au pré, lui avait dit que les oiseaux et particulièrement les hirondelles, pouvaient *léviter* dans les airs. Elles le faisaient probablement quand elles migraient vers le sud et qu'elles n'avaient nulle part où se reposer.

Puis ils franchirent un petit cours d'eau. Pouvait-il s'agir du même ruisseau que celui qui coulait dans leurs prairies ? Il avait pu trouver un raccourci et ainsi les rattraper. Ou bien était-il passé sous la terre ? On lui avait dit que les rivières pouvaient très bien couler sous terre. Mais déjà ils l'avaient dépassé et maintenant apparaissait une prairie avec des vaches et des moutons gardés par une jeune fille portant de longues tresses, semblable à Ivica. Regardez, elle courait le long du train et les saluait de la main. C'était gentil de sa part. Le train continuait à foncer et l'on pouvait apercevoir au loin un village qui se rapprochait rapidement. La fumée s'élevait en tourbillonnant à partir des toits rouges des maisons basses, comme dans leur village. Les gens dans les champs les regardaient, accoudés sur leurs pelles, comme s'ils se réjouissaient d'avoir l'occasion de se reposer un peu. Les vaches meuglaient, les enfants couraient avec le train en agitant les bras vers elle. Ils jouaient tous avec elle, ils se pressaient tous - et elle, Biba, les dépassait, les saluant de la main comme s'ils étaient tous ses amis. Oh, elle aurait voulu que ce voyage en train continue encore et toujours. Elle se mit à regarder les roues et leur mouvement rapide. Elle chuchotait en rythme :

"Tatac-tatoum, je m'en vais,

Tatac-tatoum, je m'en vais,

Tatac-tatoum, vraiment loin,

Tatac-tatoum, dans ce train."

Elle voulait exprimer sa reconnaissance au monde entier : à la fumée, à la locomotive, au sifflement enroué qui annonçait le départ, aux enfants, prés, bois, villages. Elle les remerciait tous, agitant la main et criant : « Au revoir ! Au revoir !"

Elle tressaillit quand quelqu'un la saisit sans ménagement par derrière.

C'était le soldat. D'un geste strict, il lui ordonna de se rasseoir. Elle se faufila sur les genoux de Maman et cacha son visage dans le manteau maternel. Le soldat se tenait assis de l'autre côté, juste en face d'eux et il la regardait. Elle tenta un regard. D'un œil, à tout hasard, mais le regardant tout de même, et il le voyait bien. Biba décida de lui faire baisser les yeux. Et elle gagna. Le soldat cligna des yeux, tourna la tête et fit semblant de regarder par la fenêtre. Et Biba recouvra son courage. Elle se détacha du manteau de Maman et commença à contempler le soldat.

C'était assez drôle en fait : il avait un fusil et des bottes et un uniforme de soldat, il pouvait menacer et se renfrogner, mais Biba n'avait absolument pas peur de lui. Il était jeune et semblait immensément fier de son fusil, qu'il réajustait constamment contre son épaule. Il ne tenait pas en place comme Biba et tout comme elle, il était secoué et propulsé en arrière quand le train s'arrêtait. Pourquoi donc avoir peur de lui ? Ils se rapprochaient de la gare. De hauts bâtiments commencèrent à apparaître, des bus, et des tramways. Le train ralentit alors qu'il dépassait des wagons de marchandises et des voitures de voyageurs qui semblaient abandonnés à rester là sans locomotive. Biba aurait voulu se remettre à la fenêtre mais le soldat leur signala qu'ils devaient se préparer.

Maman l'habilla, rangea la nourriture dans le panier et sembla sur le point d'éclater en sanglots. Quelques instants plus tard, elle pleurait à nouveau, la tête sur l'épaule de Papa.

Il prit un ton raisonnable pour lui parler. « Mais Zora, écoute-moi, ils ne peuvent pas nous emmener comme cela. Je suis sûr que c'est une erreur. Tu verras, tout va s'arranger dès notre arrivée. C'est une erreur, un imbroglio, tu verras bien."

Ils commencèrent à chuchoter dans la langue de Grand-mère, et Biba profita de l'occasion pour jeter un coup d'œil à la fenêtre et observer les grandes roues de la locomotive qui s'immobilisaient progressivement, soufflant et reniflant comme si elles voulaient reprendre haleine. Puis un nuage de vapeur obscurcit la vue, le soldat se rapprocha et rabaissa la fenêtre. Il se dirigea vers la sortie et attendit patiemment qu'ils finissent leurs préparatifs et qu'ils le rejoignent.

Le quai était bondé. Presque tout le monde portait des valises, et de nombreuses personnes s'étreignaient et s'embrassaient – certaines allaient partir, d'autres venaient d'arriver. Un homme courut derrière un train en marche, et Biba s'arrêta pour voir s'il allait le rattraper, mais le soldat la poussa – si brusquement qu'elle lui tira la langue. Il fit semblant de ne pas l'avoir vue et Biba s'en contenta : elle n'avait pas de temps pour se fâcher avec le soldat maintenant, il y avait bien trop de choses à contempler. Par exemple, cette rangée de petites cabines en bois qui vendaient limonade, chocolat, bonbons, cigarettes, cartes postales, livres, journaux, jouets – comme de petits magasins.

Un jeune gars en veste blanche criait : « Limonades ! Orangeades ! Sandwiches ! Gâteaux !"

Une voix de femme annonça au micro : « Le train en provenance de Zagreb entre en gare au quai deux."

Un vieil homme portait une sorte de sac énorme qui lui pendait au cou et lui recouvrait tout le torse. Le sac était rempli de journaux, il en agitait frénétiquement un et hurlait que quelqu'un avait été tué quelque part, qu'il y avait des maisons détruites et que c'était la guerre.

Les murs et les colonnades étaient recouverts de grandes affiches. L'une montrait un homme d'apparence joyeuse qui buvait de la bière en faisant un clin d'œil. Sur une autre, on voyait une jolie dame à l'air triste qui se tenait la tête d'une main et contemplait les pilules contenues par l'autre main. Une troisième image affichait une petite fille en boucles et blouse bleue qui buvait un verre de lait. Toutefois la plupart des affiches montraient un homme moustachu en uniforme en train de hurler et de pointer le doigt d'un air menaçant. On voyait d'ailleurs beaucoup de soldats, armés et bottés, mais ils se dépêchaient vers leur train comme tout le monde, ce qui semblait tout naturel à Biba. Certains soldats faisaient leurs adieux à des femmes, comme les gens normaux.

Biba voulut demander à Papa pourquoi le moustachu hurlait en pointant son doigt, mais comme il parlait doucement à Maman, elle ne voulut pas l'interrompre.

On les mena jusqu'à une sorte de bureau et la première chose qu'ils y aperçurent fut cette même image de moustachu hurlant. Elle était fixée sur le mur en face de la porte, au-dessus d'une table derrière laquelle était assis un jeune officier. Papa se plaça devant lui et commença à s'expliquer d'une manière très polie, Maman le complétant d'une parole de temps à autre. Biba fut intriguée par le fait que Papa parlait dans la langue de Grand-mère avec un inconnu, et que Maman lui venait même en aide. Ils tentaient de convaincre l'officier au sujet de quelque chose qui devait être très important car ils lui montraient toutes sortes de papiers. Cependant il ne les écoutaient pas. Il était occupé à essayer de soulever le couvercle d'un encrier sur le bord de sa table à l'aide d'une baguette. Elle montait et descendait effleurant à chaque fois le couvercle mais à chaque fois qu'elle semblait le soulever – le couvercle retombait à nouveau. L'officier ne renonçait pas cependant. Il fronçait les sourcils, se concentrait, réessayait jusqu'à ce qu'il finisse par réussir. Il lança autour de lui un coup d'œil ravi, comme s'il attendait des applaudissements, puis posa sa baguette sur le bureau et leva les yeux sur Maman et Papa, paraissant surpris de trouver quelqu'un dans la pièce.

Il fit semblant de les écouter pendant un temps, mais Biba trouva que ce n'était que par prétention, pour se donner une importance. Il était assis à les regarder calmement, presque poliment et soudain il bondit, frappa le bureau de sa baguette et commença à hurler dans la langue de Grand-mère.

Biba recula. Elle avait toujours pensé que la langue de Grand-mère ne pouvait être parlée que d'une voix douce, polie et digne – et voici que cet homme criait, vociférait, éructait et menaçait, en prononçant très probablement des injures, parce que Maman s'écarta du bureau comme si les mots l'avaient heurtée. La main de Papa qui tenait les papiers s'abaissa et il enlaça Maman sans un mot.

Biba foudroya du regard l'officier et elle désira un instant être un garçon pour lui prendre sa baguette et lui apprendre les bonnes manières. Oh, elle lui en aurait montré, à ce monstre arrogant. Elle avait peur que Maman allait encore se mettre à pleurer, et elle pria fort pour que cela ne se produise pas car elle ne voulait pas qu'il voie les larmes de Maman. Mais Maman ne pleura pas. Elle se tenait bien serrée contre Papa, qui ne bougeait pas et regardait dans le vide.

Quelques soldats entrèrent par une porte de côté, les conduisirent derrière le bureau dans une sorte de cabine, tendirent à Maman une petite boîte en lui donnant quelques explications puis s'assirent et attendirent la suite.

Maman commença à retirer des objets de la boîte – une aiguille, du fil et des chiffons. Elle les fixa du regard, les retournant de nombreuses fois, le visage exprimant l'incrédulité, puis elle les montra à Papa. Il eut une grimace et ferma les yeux comme s'il avait été soudain transpercé par une longue aiguille. Maman posa une main sur son épaule. Un moment, ils restèrent immobiles puis ils s'enlacèrent subitement et s'embrassèrent comme pour se faire leurs adieux. Maman fut la première à retrouver ses esprits. Elle se saisit des chiffons - Biba put voir qu'ils étaient de toile jaune - et commença à les coudre sur les manches de leurs manteaux. Biba était impatiente d'avoir la sienne cousue par Maman.

"Oh, c'est une étoile ! » se réjouit-elle. « Tu en as une également, Papa ?"

"Oui ma chérie. Et Maman aussi."

"Elle est vraiment jolie, n'est-ce pas ?"

"Oui, très jolie."

Les soldats se levèrent, les accompagnèrent jusqu'au quai et de là ils sortirent dans la rue. Biba s'aperçut que de nombreux passants la regardaient. Satisfaite, elle bougea un peu le bras où se trouvait la petite étoile de façon à ce qu'elle fût visible par le plus grand nombre possible et elle s'en vanta même en chuchotant auprès d'une petite fille, alors qu'elle la dépassait : « regarde mon étoile !"

Ils arrivèrent dans une immense cour encerclée par des bâtiments. La cour était remplie de camions militaires de la taille d'une petite maison, d'énormes caisses, de guérites avec des sentinelles et de centaines de soldats qui se tenaient debout en petits groupes et semblaient attendre quelque chose. Tout le monde parlait la langue de Grand-mère – Maman, Papa, les soldats- et Biba se dit à cet instant que tout le monde parlait correctement et qu'elle était la seule à ne pas pouvoir le faire. Papa et Maman entrèrent dans un bâtiment, Biba restant dehors à les attendre. Elle s'installa sur un caisson, mais comme elle ne pouvait pas bien voir de là, elle grimpa sur un autre, plus haut, afin de pouvoir observer tous les événements qui pourraient survenir dans la cour.

Un sifflet se fit entendre et tous les soldats se précipitèrent au centre de la cour et formèrent en quelques instants de longues rangées toutes droites. Ils restèrent immobiles un moment, puis ils se mirent à marcher comme de vrais soldats – traversant puis quittant la cour.

Maintenant il ne restait plus qu'un soldat. Au début il se tint raide et droit comme une statue, mais il finit par se lasser et commença à marcher de long en large dans la cour. Biba l'observa : il y avait quelque chose de bizarre en lui, mais elle ne parvenait pas à se l'expliquer. Puis il se tourna vers elle et elle comprit de quoi il s'agissait. C'était son ventre, il était rond et lourd et sa masse globuleuse recouvrait son ceinturon. Il était grand et fort mais il ressemblait tout de même plus à une grosse femme qu'à un soldat. Un peu comme leur voisine Heda. Oui, mais Heda avait un bébé dans son ventre. Et lui ? Qu'avait-il ? Un bébé, peut-être ? Eh bien, après tout, pourquoi pas ? Pourquoi n'aurait-il pas eu un bébé dans le ventre ?

Elle aurait pu lui donner un de ses chocolats. Mais il valait mieux attendre qu'il se rapproche. Maintenant le soldat l'avait vue. Il sembla étonné, semblant se demander d'où *elle* avait bien pu sortir, mais il la gratifia d'un sourire bienveillant. Il reprit sa marche, se retournant une fois pour lui lancer un clin d'œil taquin, puis disparut derrière un grand camion. Persuadée qu'il allait réapparaître sous peu, Biba sortit sa barre en chocolat ; elle lui en donnerait la moitié dès qu'il viendrait près d'elle. Il avait l'air gentil, avec son ventre et tout ça, et il semblait prêt à devenir son ami. Ce n'était pas important qu'il ait ou non un enfant, elle lui donnerait de toute manière du chocolat. Il valait mieux le lui donner en douce, cependant, car peut-être que les soldats n'avaient pas le droit de manger du chocolat.

Et il se montra, son militaire, souriant et joyeux et disposé à jouer avec elle. Biba leva sa main tenant le chocolat mais alors le soldat aperçut l'étoile sur la manche, tourna les talons et s'éclipsa en vitesse. Biba se retourna pour voir ce qui avait pu tant l'effrayer, mais au même instant Maman et Papa revinrent. Elle descendit de son perchoir et courut à leur rencontre :

"Où allons-nous désormais ?"

"Chez tante Ksenia."

"Formidable !"

Biba aimait prononcer « formidable ».

C'était ce que disait Papa lorsque quelque chose lui plaisait, et Maman l'avait imité également. Par exemple, lorsqu'elle apercevait Papa de loin, revenir le chapeau à la main et s'arrêter pour plaisanter avec un enfant ou bavarder avec un voisin, elle annonçait que Papa était de « formidable humeur ».

Et maintenant Biba se demanda pourquoi les soldats les accompagnaient aussi chez tante Ksenia. Cela signifiait-il que dorénavant ils allaient toujours rester avec eux ? Ce n'était pas qu'elle avait peur d'eux. Elle s'était déjà habituée à leur présence constante. Ils gardaient tout le temps les mains sur leur fusil, c'est vrai, mais où un soldat pourrait-il mettre les mains, si ce n'était sur son fusil ? Assurément pas dans ses poches.

Chapitre deux

Quand ils arrivèrent chez tante Ksenia, les soldats ordonnèrent quelque chose à Papa avant de partir.

Biba se demandait si Tante Ksenia allait les recevoir encore une fois avec son expression rituelle : « Seigneur, mais comme elle a grandi ! » au moment où sa tante apparut et dit exactement cela. Vid était là également, élégant avec son pantalon, sa chemise blanche et son nœud papillon, une vraie copie de son père en miniature. Il lui tendit la main, mais avec une telle expression de dédain sur le visage qu'elle se sentit obligée de le pincer sur le champ. Elle ne voulait pas vraiment lutter contre lui, car elle avait bien trop de choses à lui dire, mais l'envie avait été trop forte.

Ils se voyaient rarement, elle et Vid, et lorsqu'ils étaient ensemble ils passaient le plus clair de leur temps à se chamailler.

Vid aperçut l'étoile avant qu'elle n'ait pu la présenter, et lui demanda immédiatement de tout lui dire là-dessus. Tante Ksenia avait acheté un vélo pour Biba, si neuf qu'il était encore emballé, et Biba voulut l'essayer immédiatement. Désormais elle n'aurait plus à prier Vid de lui prêter le sien. Ils sortirent dans la cour, chacun sur son vélo, Biba le taquinant en fonçant et en l'obligeant à crier à travers toute la cour :

"Et alors que s'est-il passé ?"

"Alors tout le monde s'est mis à pleurer. Pas moi, mais j'ai fait semblant et ils ont tous pensé que j'étais vraiment en train de pleurer."

Ils firent un autre tour dans la cour puis quand ils se rapprochèrent à nouveau et Biba reprit son histoire :

"Et alors, nous sommes partis en train et c'était formidable. Voyager en train, c'est formidable comme tu ne peux l'imaginer."

"Comme si je n'étais jamais parti en train !"

"Je sais que tu l'as fait."

"Oui, et en bateau aussi, et même en avion !"

"Vraiment ? Et alors, c'est formidable ?"

"Rien de particulier."

Elles détestaient ses airs de monsieur je-sais-tout. Rien de particulier, bien sûr ! Elle appuya sur les pédales et cria :

"Mais tu n'as jamais monté à cheval !"

"D'accord, d'accord », concéda-t-il. « Bon, et le reste de l'histoire ?"

Alors Biba lui raconta la drôle de scène à la gare, avec tous ces gens qui s'embrassaient et s'étreignaient et se pressaient avec leurs valises, et comment tous parlaient la langue de Grand-mère, et comment Maman n'avait pas du tout aimé les étoiles.

Puis elle lui parla du soldat avec le bébé dans le ventre, et Vid la traita d'oie stupide pour ne pas savoir que seules les femmes pouvaient avoir des bébés dans leur ventre, et bien entendu, cela blessa Biba et elle refusa de dire un mot de plus.

Le dîner fut silencieux. Le père de Vid ne raconta pas d'histoires drôles et Tante Ksenia ne répéta pas que la nourriture était là pour être mangée et qu'il fallait se servir. La servante aux gros anneaux dans les oreilles amenait et enlevait les plats et personne ne parlait. Puis Maman éclata soudain en sanglots, sans aucune raison, Biba comprit que cela aurait été très impoli si à ce moment-là, elle avait demandé une autre part de fraises à la crème, et la servante les emporta. Ayant deviné ce qu'elle avait en tête, Vid ricana derrière sa serviette, mais elle sut prendre sa revanche sous la table.

La situation s'arrangea nettement dans la chambre à coucher. On la déshabilla, joua avec elle et lui permit même de ne pas toucher à son verre de lait. Ils la placèrent entre eux deux dans le grand lit double et elle leur raconta des histoires – toutes les histoires qu'*ils lui* avaient racontées quand elle était petite - jusque tard dans la soirée.

Elle était certaine qu'elle allait rêver cette nuit, et en effet : elle cueillait des mûres. Des bizarres – couvertes de crème. Vid était présent également, mais il était si maladroit que même petite Lizzy, qui avait recouvert de papier argenté toutes ses dents de devant, se moquait de lui. Biba se glissa dans sa nouvelle cachette, là où elle savait qu'il y aurait énormément de mûres, mais à la place des mûres elle y trouva des enfants – ses amis, tous ses amis. Ils étaient montés dans l'arbre, perchés sur les branches et quand elle les regarda elle eut l'impression qu'ils se transformaient en branches. Ils la regardaient sans la reconnaître. Et soudain il y eut un loup. Il portait des bottes et avait un fusil et il criait et pointait son doigt sur elle. Elle voulait s'échapper mais ses pieds ne pouvaient bouger comme si une sorcière les retenait fermement dans le sol. Un visage apparut au-dessus d'elle. Tante Lizinka. Non Tante Ksenia, lui mettant ses chaussures. Derrière elle se tenait un soldat, et derrière lui un autre, puis un autre...- apparaissant l'un après l'autre, chacun plus grand que le précédent.

Le premier soldat était immobile, alors que les autres sautaient au-dessus de lui un peu comme s'ils avaient joué à saute-mouton. Et soudain voilà des soldats partout autour d'elle. Papa se trouve près de la porte, pas totalement habillé : il a enfilé son pantalon sur son pyjama et on voit ses bretelles. Il s'évertue à expliquer quelque chose au soldat qui ne l'écoute pas. Puis le soldat attrape et pousse Papa. Un autre soldat tient Maman, mais elle se démène et se libère, marche vers la porte et crie, en larmes : « Ne nous séparez pas ! Laissez-nous ensemble s'il vous plaît… Bela ! Be-laaa !» Elle trébuche, tombe, et on aperçoit les plantes de ses pieds qui dépassent de sa chemise de nuit. Deux soldats la remettent sur pied et la traînent au-dehors. Elle essaie de résister, agite les bras, hurle. Quelqu'un lui ferme la bouche de sa main. Au-dessus de cette main, les yeux de maman sont écarquillés, inondés de larmes. Un soldat s'avance alors vers Biba. Plus il se rapproche d'elle, plus il semble gras. C'est peut-être celui qui a un gros ventre. Biba veut se cacher, mais elle ne peut bouger, comme auparavant devant le loup. Le soldat l'enroule dans une couverture, la soulève et la jette sur son épaule comme un sac. Dans cette drôle de position, elle lance un coup d'œil à Vid. Même en pyjama et même sans lunettes, il ressemble encore à son père. Derrière lui se trouve tante Lizinka. Non, tante Ksenia. Elle pleure. La fille aux escargots apparaît aussi, mais seulement un instant. Et soudain il lui semble que plus personne ne la retient et qu'elle est en train de voler dans les airs, dehors dans la rue, et qu'elle respire l'air froid de la nuit. Elle heurte quelque chose de dur, et alors le sol sous elle commence à bouger, et elle glisse sur ce sol mouvant sans rien pour s'accrocher. Des soldats l'entourent, ils sont assis de tous les côtés. Leurs bottes noires semblent former un mur, et Biba tangue vers elles, essayant de retrouver son équilibre. Derrière leurs sinistres visages apparaissent les fusils au bout desquels sont fixées des baïonnettes étincelantes. L'obscurité surgit en face d'elle, puis se rapproche en diffusant la peur. Toujours plus proche, plus proche, prête à l'envelopper, Biba peut sentir son emprise, d'un instant à l'autre elle va bondir…

Un cri assourdi et lointain parvint à ses oreilles : « Rendez-moi mon enfant !"

Biba sursauta, cria « Maman ! » et d'un coup tout s'éclaira : elle n'était pas endormie, n'avait pas rêvé, mais elle se trouvait dans un camion qui roulait, entourée par des soldats, seule, sans Maman. Ils l'avaient enlevée. Ils l'éloignaient.

Elle se pelotonna dans un coin. Le camion s'arrêta brutalement, ce qui la fit tomber. La peur la submergeait. On la saisit et la sortit du camion. Au moment où elle sentit le sol sous ses pieds, elle se mit à courir de plus en plus vite, ne sachant où aller – n'importe où pourvu que ce fût loin des soldats. Ses oreilles entendirent la voix familière :

"Rendez-moi mon enfant ! Biba !"

"Maman, Maman, Maman-an! », hurla Biba, courant en direction de la voix, cherchant à se faire entendre par Maman malgré le sifflement du train, les voitures, les femmes en pleurs. Elle se faufila à travers bottes, valises, camions, wagons, caisses - courant vers la voix enrouée qui continuait à crier « Biba ! Bibaaa ! » Et alors elle l'aperçut. Deux soldats lui tenaient les bras et la tiraient par les cheveux – ils la tiraient avec un groupe d'autres femmes vers la porte ouverte d'un wagon. Maman, hurla-t-elle, en proie à une folle panique, envahie par le sentiment d'une catastrophe imminente.

"Bibaaa ! », elle entendit la voix, très proche désormais, là, juste au-dessus de sa tête. Et Maman la vit également. Et Maman tendit un bras dans l'embrasure de la porte et de l'autre agrippa Biba - avant de disparaître.

A cet instant-là, quelqu'un tira brutalement Biba par les cheveux et la souleva. Elle hurla, se démena sauvagement, mordit, donna des coups de pied, demanda à être mise à terre. Elle sentit comment on la transportait au milieu de la foule, comment on l'éloignait toujours plus de l'endroit où avait disparu Maman. Et alors apparut encore une fois le train, la vaste ouverture, semblable à celle dans laquelle Maman s'était évanouie. Une lueur d'espoir la traversa : peut-être que l'on allait la mener à

Maman ? Mais alors elle vola encore une fois dans les airs et elle finit par heurter une dure surface en fer. Elle ressentit une vive douleur à la tête. Inquiète, ayant l'impression que toute sa tête s'était mise à enfler, soucieuse du fait qu'une bosse allait pousser sur son front, elle pressa ses deux mains sur sa tête, ferma les yeux et mille petites images lui traversèrent l'esprit –se mêlant et se confondant : Vid sans lunettes, Maman entre deux soldats, le soldat au gros ventre, le moustachu qui hurlait en pointant le doigt…Afin d'échapper à ces images, elle ouvrit à nouveau les yeux, et les accoutuma à l'obscurité. Le sol en bois sur lequel elle était assise vacilla subitement et se mit en mouvement, et elle sentit les roues vibrer sous elle. Le voyage recommençait-il? En train ? Oui, en train. On l'avait enlevée. *Déportée.* Et Maman ? D'un bond, elle fut debout, se mit à crier, « Ouvrez ! Ouvrez !», ses poings tapant fortement la porte du wagon qui accélérait.

"Ouvrez ! » hurla-t-elle, désespérée par l'horreur d'être enlevée et éloignée toujours plus de Maman.

Le train fonçait désormais et faisait un bruit de tonnerre.

"Ouvrez ! Ouvrez ! L'écho de sa voix était renvoyé par les murs qui répétaient en chœur :

"Ouvrez, ouvrez…"

"Ouvrez, ouvrez… » Sa voix faiblit, vacilla.

Elle fléchit et se retrouva à genoux, envahie par la peur, elle appuya son visage sur la porte, sachant seulement que quoi qu'il arrivât, elle ne devait pas se retourner.

Il y avait quelque chose derrière elle. Mais quoi ? Un gouffre? Un monstre? Un soldat avec un bâton ? Une bête féroce ?

Il y eut un mouvement. Elle s'écrasa sur la porte, pétrifiée. Puis, soudain déterminée, elle pivota.

C'était proche, en face d'elle maintenant. Dans un instant cela allait la toucher et refermer ses griffes sur elle.

Résignée sur son sort, elle ferma les yeux, sans bouger, pendant une éternité lui sembla-t-elle. Rien ne se passait, on n'entendait rien à part le bruit monotone des roues sous ses genoux. Elle ouvrit les yeux, essayant de les accoutumer à l'obscurité, la contemplant, craignant ce qu'elle pourrait voir. Lentement le noir commença à se dissiper, et des lignes et des formes apparurent. Elle y concentra son regard.

Il y avait des gens. Assis sur le sol en face d'elle. Non, pas des gens, des enfants! Assis les uns à côté des autres et la regardant.

Elle pouvait mieux voir maintenant, comme si quelqu'un avait allumé la lumière. Elle observa ce qui l'entourait : le wagon fermé, les enfants. Ils étaient nombreux – le wagon était plein d'enfants, et il ne restait presque plus de place. Les enfants étaient la meilleure chose à laquelle elle pouvait penser.

Mais qui étaient-ils? Comment étaient-ils arrivés ici? Pouvaient-ils être des enfants de son village? Tous ses amis qui n'avaient pas voulu lui faire signe de la main, et d'autres – ceux de l'école, ou alors des enfants d'autres villages? Mais non, elle ne reconnaissait personne.

Les enfants étaient assis, accompagnant tranquillement le mouvement du train et ils la regardaient avec de grands yeux interrogateurs qui la fixaient de tous les côtés. Elle leur rendit leur regard, sa peur évanouie. Ses épaules s'affaissèrent et pour un moment elle ne ressentit plus que la fatigue et une migraine.

Une fille quitta le groupe et se dirigea vers Biba avec un sourire et la main tendue. Sur la manche de son bras se trouvait une étoile grossièrement cousue. Une étoile jaune à six branches –exactement comme celle de Biba, comme celle qui était peinte sur la porte du train qui avait englouti Maman.

Biba regarda un enfant derrière cette fille, puis un deuxième, un troisième, tous - ils portaient tous une étoile jaune cousue sur une manche, comme elle-même. Elle en fut contente : elle pensa qu'elle était tombée au bon endroit malgré tout.

Elle sécha ses larmes, prit la main de la fille et ensemble elles se rapprochèrent des autres enfants. Maintenant elle pouvait bien les voir : ils étaient assis et pressés les uns contre les autres et au début il lui sembla qu'ils étaient peut-être enchaînés tous ensemble. Puis elle comprit qu'ils se tenaient de la sorte en raison du manque de place, et que l'on avait entassé trop d'enfants dans ce wagon.

Elle regarda encore une fois les étoiles, se demandant pourquoi ils en avaient tous et si c'était ce même jeune officier à la gare qui les leur avait tous données. Elle pensa que c'était probable, parce que toutes les étoiles se ressemblaient. Dans ce cas, peut-être que l'officier n'était pas aussi méchant qu'il avait semblé? Peut-être avait-il pensé qu'ils avaient tous en eux quelque chose de spécial : peut-être qu'il avait choisi ces seuls enfants parmi tous ceux du monde entier, et qu'il leur avait donné des étoiles pour qu'ils puissent se reconnaître entre eux. Cette pensée lui plut. Si les enfants lui souriaient en ce moment, s'ils se poussaient un peu pour lui faire de la place et s'ils l'acceptaient parmi eux, c'était parce qu'elle portait une étoile également, cela ne faisait aucun doute. Ce ne fut pas facile de trouver une place pour Biba. Une fille lui montra comment placer ses bras et ses jambes, comment poser sa tête sur les cuisses d'un enfant et comment se coucher de façon à ce que son corps serve de coussin pour un autre enfant. Quelqu'un recouvrit ses pieds nus d'un tricot. Quand elle ferma les yeux, elle imagina que tous les autres enfants avaient fermé leurs yeux également.

Elle n'était plus tendue désormais, ses membres se relâchèrent et elle sentit soudain combien sa tête lui faisait mal. Le vacarme du roulement semblait s'amplifier et lui marteler la tête. Elle eut le vertige. Derrière ses yeux clos apparurent d'étranges scènes avec des visages déformés. Elle fut prise de nausées, tenta de penser à autre chose, à quelque chose de joyeux, quelque chose d'autre que ce wagon et ces enfants.

Tout était très calme maintenant- nul son en dehors des roues du train. Les enfants ne parlaient pas, ne bougeaient pas, mais Biba sentait qu'ils ne dormaient pas et qu'ils étaient tous en train de fixer l'obscurité comme elle à présent, chacun se plongeant dans ses pensées et ses images d'êtres chers.

Comme une réponse à tout cela, un long gémissement fut émis quelque part dans le wagon, une faible voix appelant :

"Maman !"

"Maman ! » murmura Biba, exprimant une douce plainte, comme si elle prononçait une prière.

"Maman ! » murmura l'enfant sur ses cuisses.

Biba se sentit le cœur gros. Elle voulut pleurer et elle voulut se noyer dans le sommeil en serrant dans ses bras ce mot, le plus merveilleux de tous.

Chapitre trois

La lumière provenait d'une fente étroite sur une paroi du wagon. Un pâle arc-en-ciel filtrait à travers l'espace, puis montait jusqu'au plafond sous la forme d'une bande transparente et tremblante. En rencontrant le plafond elle se brisait et ses éclats retombaient sur la masse sombre du sol et révélaient le groupe entassé des enfants.

Biba était éveillée. N'ayant pas dormi du tout, elle avait pleuré toute la nuit. Cela avait été une longue et difficile nuit, pleine de terreur, d'obscurité et de nausées. Avec les premières lueurs du jour, Biba ressentit du soulagement et aussi une grande fatigue. Elle pensa que désormais elle pouvait s'endormir mais restait bien trop éveillée pour y parvenir.

Elle regardait droit devant elle. Le rai de lumière jouait sur son visage, comme la lumière provenant d'un miroir tenu par un enfant espiègle. Elle cligna des yeux mais ne bougea pas sa tête, continuant à fixer la lumière, ce fragment de rayon de soleil. Il lui rappelait le brouillard matinal qu'elle avait vu une fois, longtemps auparavant.

Il faisait sombre quand elle était sortie avec Ivica, et le village était encore plongé dans la torpeur, tout était vide à part les moutons qui bougeaient, s'animaient et bêlaient dans les cours afin de rejoindre le troupeau d'Ivica. Alors les moutons avaient piétiné l'herbe gorgée de rosée et entamé leur descente dans la vallée. Biba et Ivica coururent au même niveau, chacune en charge d'un flanc du troupeau, le menant par le sentier qui conduisait à une vaste pâture et un bois touffu en bas dans la vallée. Il fallait se frayer un chemin au milieu de hautes fougères, éviter buissons épineux et orties, traverser un bosquet de jeunes arbres – un long chemin pour atteindre la vallée qui se réduisait à chaque pas, avant qu'elle n'apparût brusquement devant elles. Les moutons avaient reconnu leur vallée et galopé la dernière partie du trajet. Libérées de la responsabilité concernant le troupeau qui était ici en sécurité et pouvait brouter tranquillement, Biba et Ivica pénétrèrent dans le bois pour y cueillir des mûres qui ressortaient du feuillage comme de sombres gouttes violacées. La matinée printanière envahissait tout, les arbres et le sol embaumaient, les oiseaux chantaient joyeusement. Et elles couraient, faisaient la chasse aux lapins, enlaçaient les troncs d'arbres, grimpaient dans leurs branches, recherchant des champignons, des glands, ou quelque grand secret gardé par la forêt dense ; elles s'y enfoncèrent profondément, désirant vivre quelque expérience exceptionnelle. Finalement elles se lassèrent, s'assirent et se reposèrent contre un arbre en mangeant des baies et contemplant le lever du soleil. Un large rayon de poussière de soleil perça le feuillage et illumina la rosée argentée sur les rameaux bourgeonnants. Il enfla, devint un arc-en-ciel qui cherchait à sortir des nuages et qui répandait un tapis argenté aux pieds du soleil levant.

Exactement comme cet arc-en-ciel qui surgissait de la fente sur la paroi.

Biba regarda autour d'elle.

Elle était allongée, la tête nichée sur les cuisses d'un enfant, lui-même niché sur un autre, et celui-là sur un autre encore. Ils reposaient tous en un tas de corps emmêlés, et tous dormaient.

Le wagon ressemblait à une étable, avec une seule petite fenêtre près du plafond. Le sol en bois sur lequel les enfants reposaient était sale. Un seau à couvercle était placé dans le seul coin libre, il était secoué par les mouvements du train et répandait une odeur répugnante.

Les yeux de Biba contemplèrent à nouveau les enfants, les inspectant un à un. Ils lui ressemblaient tous : elle pouvait difficilement les distinguer, ou mémoriser un visage particulier. Son regard se porta sur le tricot qui couvrait ses pieds et elle le fixa pendant un moment, sachant seulement qu'il ne lui appartenait pas. Elle observa la fille sur laquelle elle se trouvait : son visage avait quelque chose de différent des autres, il semblait lié au tricot. Elle se souvint de tout soudain - aussi clairement que si on le lui avait murmuré à l'oreille. Elle savait maintenant où elle se trouvait, comment elle s'y était retrouvée- elle savait qu'elle était dans un train, dans un wagon, emmenée vers une destination inconnue. Elle savait qu'elle était seule, sans maman, avec des enfants aussi perdus qu'elle, qui portaient comme elle une étoile sur leur manche.

Elle ne se sentait pas triste. Elle ne pensait à rien. Elle retira le tricot et le plaça sur la fille derrière elle. Son regard se déplaça tout le long du wagon. Une paroi en bois allait jusqu'au coin où elle rencontrait une autre, plus petite qui elle-même allait à un coin et à une autre paroi. Toutes ces parois étaient faites de planches grossières, et toutes elles menaient à des coins, et tous les coins, de même que les parois ainsi que le sol sur lequel se trouvaient les enfants, étaient faits de ces planches irrégulières, gauchies, piquées et rugueuses.

Si le wagon s'était retourné, ils auraient tous pu se retrouver sur le plafond.

Peut-être que ce serait mieux de cette façon ?

Ses yeux se portèrent à nouveau sur la fente de la paroi, celle qui avait laissé passer le rayon de soleil auparavant. Elle bougea lentement, faisant attention à ne pas réveiller les autres, se tortilla jusqu'à la fente et regarda.

Une herbe rase, brûlée par le soleil poussait le long des rails. Au-delà, aussi loin que le regard pouvait porter – rien : pas de maisons, pas de collines, nul arbre, ni de personnes - rien d'autre que des buissons poussiéreux et de l'herbe jaunie.

Elle ne fut pas surprise. Ce train était tout à fait différent que celui qu'elle avait pris à son village. L'un offrait des sièges doux et moelleux, un miroir en haut d'un côté et une belle image de paysage de l'autre. Il y avait une petite table pliable entre les sièges à côté de la fenêtre, et la fenêtre elle-même était grande et possédait même un rideau. Et par cette fenêtre apparaissaient de vertes prairies, des forêts et des rivières, des troupeaux de moutons, de jolies maisons avec des toits rouges, des gens, des enfants, des bergers…

Bien entendu, l'autre était aussi un train : avec le bruit monotone des roues, une locomotive sifflant et crachant de la fumée, mais ici il n'y avait que quatre grossières parois en bois, quatre coins et un plafond en haut. Il était tout naturel que le paysage extérieur fût différent également.

Les enfants commençaient à se réveiller. Un enfant qui remuait suffisait à réveiller tous les autres. Ils furent bientôt tous debout - s'étirant, baillant, se frottant les yeux, beaucoup étaient encore à moitié endormis, certains pleuraient. Ils se mirent bientôt à parler, et Biba réalisa avec ahurissement qu'ils parlaient un mélange de langues étrangères et qu'elle ne comprenait pas un mot de ce qu'ils disaient. Elle saisit rapidement que nombre d'entre eux ne se comprenaient pas. Une bonne part prononçait la langue de Grand-mère. Cependant, le seul mot que tous comprenaient, c'était « Maman. » Ils étaient tous habillés différemment : en chemises de nuit, jupes, lourds pardessus, certains avaient des chaussures et d'autres étaient pieds nus, certains portaient des chapeaux, d'autres des sacs d'école et leurs uniformes scolaires ; certains arboraient l'étoile jaune à leur manche, d'autres sur la poitrine. Biba eut l'impression que cela faisait déjà longtemps qu'ils voyageaient ensemble. Elle ne pouvait pas dire ce qui le lui faisait penser, mais elle était certaine de ne pas tromper.

Il y avait une boîte au milieu du wagon, et une grande fille était assise dessus. Les plus jeunes enfants se groupèrent autour d'elle et ils attendaient qu'elle leur peigne les cheveux, les tresse, boutonne leur jupes, noue leurs lacets… Quelques-uns venaient devant elle simplement pour se montrer et recevoir la confirmation qu'ils s'étaient correctement habillés et peignés. Une fille avec de longues boucles blondes tenait une paire de rubans rouges dans sa main en essayant de les lisser et elle plissait les lèvres comme si elle était sur le point de fondre en larmes. Elle finit par se retrouver devant la Grande Fille et lui demanda en tremblant :

"Où est maman? »[2]

"Mais là où nous allons - pour la retrouver! » dit la Grande Fille en lui ajustant la robe et en peignant ses belles boucles. La fille aux cheveux d'or avait déjà oublié sa question : elle riait, badinait et laissa volontiers sa place à l'enfant suivant quand la Grande Fille en eut terminé avec elle.

Peu après les enfants commencèrent à être livrés à eux-mêmes et à former différents groupes. Dans un coin des filles jouaient à « la maison ». Elles avaient une poupée de chiffon et une boîte en carton et elles avaient décoré cette boîte si magnifiquement qu'elle semblait digne d'une reine. Elles habillèrent la poupée, la peignèrent, la « baignèrent» et lui parlèrent comme si chacune d'entre elles était sa mère.

Un peu plus loin, des garçons jouaient aux billes ; un autre groupe jouait aux osselets ; un autre – au jeu des ficelles.

Le coin où se trouvait le seau était le seul à ne pas être bondé. Une fille s'y tenait debout, contre le mur, incapable de se décider si elle allait s'asseoir ou non sur le seau. Elle la regarda comme si elle recherchait de l'aide. Un garçon avec un chapeau pointu sur la tête hocha la tête en signe de compréhension et commença à détourner les autres garçons.

---

[2] En français dans le texte

Cependant, même cela ne suffit pas. La fille continuait à rester près du mur, les larmes aux yeux, son visage exprimant l'angoisse. Les autres se levèrent et la regardèrent comme s'ils attendaient de voir ce qui allait se passer. L'un d'entre eux parla :

"Allez ! Nous allons te cacher."

Mais la fille ne bougea pas. Elle n'avait probablement pas compris ; personne ne parlait sa langue.

Alors la Grande Fille arriva, mais elle non plus ne comprenait pas la langue de cette fille. Elle réfléchit une minute et sembla soudain avoir une idée lumineuse. Elle fit bouger les enfants à ses côtés et commença une rapide fouille du wagon. Elle trouva bientôt l'objet recherché : une vieille ceinture en cuir élimée qui était restée sur le sol tout le temps.

Elle retourna près du seau et commença à chercher des clous dans les parois de l'autre côté. Elle trouva exactement ce dont elle avait besoin sur un côté, et de l'autre elle tira un clou de la paroi et l'enfonça à la bonne place en le martelant avec sa chaussure, un peu au-dessus du seau et juste à l'opposé de l'autre clou. Elle attacha la ceinture à un clou, recouvrit le bord du seau puis attacha l'autre bout de la ceinture à l'autre clou. Alors elle se tourna vers les enfants, qui avaient suivi chacun de ses mouvements avec curiosité. Elle ouvrit la bouche pour dire quelque chose, mais se souvint que tous ne pourraient pas la comprendre, elle décida alors de leur montrer par des gestes ce qu'elle voulait. Elle enleva son tricot, détacha l'une des extrémités de la ceinture, y fit passer les deux manches du tricot, fixa à nouveau la ceinture au clou - et le tricot pendait comme une partie de rideau. Elle se tourna vers les autres et commença à faire semblant de se déshabiller tout en les pointant du doigt.

Les enfants échangèrent des regards, puis se mirent à agir - ils enlevèrent manteaux, vestes, tricots et les tendirent à la Grande Fille. Elle fit passer toutes les manches par la ceinture, la fixa aux deux clous, et alors – un superbe rideau en patchwork cacha le seau aux yeux de tous !

Tous les enfants vinrent admirer le rideau en battant des mains et en poussant des cris de joie. La fille qui avait été à l'origine de toute l'affaire souriait toute joyeuse. Le garçon au chapeau pointu l'approcha, abaissa l'un des coins du rideau et d'un large geste de la main l'invita à prendre place :

"S'il vous plaît, madame"

La fille rit et se plaça derrière le rideau.

Ils ne voulaient pas s'arrêter là : c'était comme jouer au théâtre. Ils voulaient tous y aller maintenant et la Grande Fille dut faire régner l'ordre : un enfant irait d'un côté et sortirait de l'autre. Tous ceux qui sortaient souriaient comme s'ils avaient vu quelque chose de fantastique derrière le rideau.

La nouveauté du jeu finit par passer. Le seau puait, et son odeur fétide remplissait le wagon. Ils repartirent dans leurs coins et retournèrent à leurs jeux.

Nicole, la fille aux cheveux d'or recommença à pleurer, répétant sans arrêt : "Où est maman?", "Où est maman?" ; lasse, la Grande Fille continuait à répéter : « nous allons la rejoindre, nous allons la rejoindre."

Désormais un petit garçon avait également commencé à pleurer. Quelques-uns l'imitèrent, puis d'autres encore, leurs plaintes devenant toujours plus fortes. La Grande Fille essaya de les consoler, mais en vain. Elle regarda autour d'elle comme si elle cherchait une solution. Elle commença à regrouper les grands enfants et les aligna du côté gauche, puis elle fit de même pour les petits qu'elle aligna du côté droit. Chacun était prêt à faire tout ce qu'elle dirait. Sachant qu'elle ne pourrait se faire comprendre de tout le monde, elle coupla un grand et un petit enfant et leur demanda de se serrer la main et de rester ensemble.

Elle arriva jusqu'à Biba qui était très fière d'avoir été alignée parmi les grands et elle lui confia une fille aux cheveux d'or. Comprenant ce qu'elle devait faire, Biba tendit la main à la fille qui la contemplait avec des yeux pleins de larmes et qui lui demanda, sur le point d'éclater en sanglots : « où est maman ? »

Biba, les bras en croix, se tourna vers la Grande Fille.

"Je ne la comprends pas."

La Grande Fille prit Biba à part, s'agenouilla afin de se mettre à sa hauteur et se mit à lui parler comme si elle avait de très importantes révélations à lui faire.

"Souris. Montre-lui un joyeux visage."

Elle le lui expliqua en l'exprimant avec son propre visage.

Biba prit la petite fille par la main et lui fit un très large sourire. La petite fille le lui rendit. Biba voulut lui demander son nom, et elle se désigna du doigt en prononçant « Biba"

La petite comprit et dit : « Nicole ».

Elles s'assirent et Nicole se rapprocha. Biba mit la main sur l'épaule de Nicole comme s'il s'agissait de sa jeune sœur. Biba se tourna vers la petite Nicole qui se tenait tout près d'elle et lui montra un morceau de pain qu'elle avait à la main, elle en prit une partie, la porta à sa bouche et commença à mâcher. Nicola l'observa avec attention puis fit ce que l'on attendait d'elle. Biba hocha la tête avec satisfaction, sourit, et amena Nicole vers un groupe de petits enfants en train de jouer.

La Grande Fille avait regroupé les plus jeunes autour de sa boîte et commença à leur raconter des histoires. Nicole rejoignit ce groupe.

Elle parlait avec une drôle de voix, gentille et chantante, suffisamment forte pour que les autres puissent l'entendre aussi. Ils interrompirent leurs jeux petit à petit et se mirent à l'écouter – au début là où ils se trouvaient, puis, l'un après l'autre, ils rampèrent jusqu'à la boîte et s' installèrent autour d'elle. Beaucoup d'enfants ne comprenaient pas les paroles, mais ils saisissaient le cours de l'histoire grâce aux gestes et aux mimiques, et aussi grâce aux chansons qu'elle chantait de temps à autre. Les petits enfants se calmèrent, certains s'endormirent, les autres l'écoutaient calmement.

"… et enfin arriva le jour du bal organisé par le prince. La marâtre de Cendrillon et ses demi-sœurs se rendirent au palais dans un beau carrosse, et seule Cendrillon resta à la maison. Sa marâtre lui avait laissé un gros sac de fèves à écosser et lui avait dit de faire attention à ce que tout soit terminé pour le moment où elle reviendrait. Cendrillon s'était mise tout de suite au travail, mais elle se sentait très très triste à l'idée de manquer le bal. Elle était persuadée que si sa mère avait été encore vivante, elle aurait pu y aller également.

Soudain elle entendit une voix qui disait : « Ne sois pas triste, Cendrillon, je suis venue t'aider."

Cendrillon leva les yeux – et voilà qu'apparut une superbe fée tenant une baguette magique à la main.

"Tu voudrais bien te rendre au bal du prince, n'est-ce pas ? » dit la fée.

"Oh oui ! soupira Cendrillon, n'en croyant pas ses yeux.

"Eh bien, dit la fée, si c'est ton désir- tu iras. » - et elle toucha Cendrillon de sa baguette magique. Un nuage de poussière rose l'enveloppa et lorsqu'il se dissipa - Cendrillon portait la plus belle robe dorée que l'on ait jamais vue- un vêtement digne d'une princesse. De sa vie, Cendrillon n'avait jamais contemplé une si belle robe, ni de si beaux souliers à talons hauts - si hauts qu'elle pouvait à peine marcher avec. Elle alla jusqu'au puits afin de regarder son reflet, et elle en eut presque le souffle coupé. Puis la fée la prit par la main et la ramena vers la maison et cendrillon y aperçut six petites souris sautillant autour d'une grosse citrouille. La fée toucha les souris et la citrouille, et un nuage de poussière surgit à nouveau, d'où sortirent un magnifique carrosse doré auquel étaient harnachés les six chevaux du blanc le plus éclatant qui eût jamais existé. Alors la fée se tourna vers Cendrillon et lui dit :

"Rends-toi au bal et amuse-toi bien mais souviens-toi que tu devras être rentrée pour minuit, car au douzième coup de minuit la magie cessera..."

Les enfants avaient oublié où ils se trouvaient. La voix claire et chantante de la Grande Fille les avait transportés dans un autre monde, un monde enchanté de princes et de princesses, de fées et de formules magiques. Le bruit des roues du train était devenu celui du carrosse conduisant Cendrillon au bal ; le sifflement du train était une horloge en or sonnant les coups de minuit ; la fumée de la locomotive était la poussière soulevée par les chevaux galopant pour ramener Cendrillon chez elle.

Dans le wagon l'air était devenu étouffant. Le plafond et les murs dégageaient de la chaleur, le soleil brillait à travers la petite fenêtre, et la puanteur qui se dégageait du seau était suffocante. Mais les enfants n'avaient rien remarqué - ils se concentraient sur les aventures de Cendrillon, anxieux à l'idée qu'elle pourrait manquer l'heure du retour à la maison. La Grande Fille allait commencer une nouvelle histoire quand le train freina subitement et finit par s'arrêter.

Ils entendirent des pas, des voix, des conversations qui venaient de l'extérieur. Les pas se rapprochèrent et lentement la porte s'ouvrit, un soldat monta dans le wagon. Il ne les regarda pas et resta près de l'entrée, ses yeux cherchant quelque chose. Puis il aperçut le rideau. Il foudroya du regard les enfants, son visage semblent dire : « qui a fait ça ? Attendez seulement !"

Il se dirigea à grands pas vers le rideau, le mit en pièces et changea le seau avec une grimace de dégoût. Les enfants étaient assis ensemble, immobiles et attendaient. Le soldat revint, replaça le seau vidé et nettoyé. Quelqu'un lui tendit de l'extérieur un panier de pain et un bidon d'eau qu'il posa sur le sol. Puis il partit et le train se mit à nouveau en marche.

Et les enfants continuaient à ne pas bouger, assis, les yeux fixant la porte par laquelle le soldat était sorti.

Il vint chaque jour, répétant toujours les mêmes gestes : enlever le seau, le ramener vide, leur apporter le pain et l'eau, puis partir. Et chaque jour les enfants restaient assis et fixaient la porte longtemps après son départ, sans un mot, gardant leurs pensées pour eux. Mais au fond de son cœur, chacun espérait que ce jour-là, quelque chose allait se passer, et que lorsque la porte s'ouvrirait, au lieu du soldat, ce serait maman qui apparaîtrait. Ou alors que la porte s'ouvrirait pour qu'ils sortent respirer le bon air, voir la lumière, le jour, le ciel. Que la porte s'ouvrirait *mais* que le soldat n'entrerait pas…

Cependant il apparaissait toujours, le soldat, et il ne disait jamais rien, ne faisait jamais rien, ne touchait personne. Il n'avait même pas de fusil, seulement du pain et de l'eau, mais il laissait toujours derrière lui une atmosphère de découragement - et aussi les premiers ferments de haine.

Comme si elle reflétait leur état d'esprit, la grande Fille reprit son histoire en parlant à voix basse, presque dans un murmure : c'était le conte de l'ogre terrible et des bottes de sept lieues qui lui permettaient de franchir collines, vallées, lacs et forêts.

"…Et quand le géant revint chez lui, il trouva les sept nains qui l'attendaient. Ils s'étaient perdus en forêt et le prièrent de les laisser dormir ici cette nuit, car ils ne savaient pas quel horrible géant il était. « Oh, quelle aubaine, » pensa le géant, « je vais les croquer demain matin pour le petit-déjeuner » - et il les accueillit dans les lits de ses sept filles, qui étaient tout aussi mauvaises que lui.

"Par chance, toutefois, les nains l'entendirent parler à ses filles, et ils apprirent ainsi le terrible sort qui les attendait.

Comment pouvaient-ils se sauver ? Ils réfléchirent tant et plus, parlèrent et argumentèrent, et à la fin, le plus jeune des nains prit la parole :

"J'ai trouvé ! Échangeons nos bonnets de nuit avec ceux de ses filles, et le matin, quand il viendra, il les prendra pour nous et il mangera ses propres filles à notre place."

Le conte étendait lentement son emprise sur les enfants. Leurs esprits se représentaient encore l'image du soldat qui se tenait là en ronchonnant, tête nue, de mauvaise humeur ; mais une autre image se superposait à la première : celle d'un ogre géant. Et à mesure que le conte se développait, les deux images fusionnèrent et le soldat ne fit plus qu'un avec le géant.

"Et c'est ce qu'ils ont fait, » continua la Grande Fille.

"Et le matin suivant, quand le géant entra dans la chambre à coucher, il avait tellement faim qu'il ne réfléchit pas beaucoup : il se contenta de se tourner vers les bonnets de nuit des nains qui dépassaient des couvertures, attrapa les corps et les avala un à un. Pendant ce temps, les nains s'étaient faufilés hors de la maison. Ils saisirent les bottes de sept lieues, s'y glissèrent et franchirent collines et vallées pour revenir à la maison sains et saufs."

Soulagés, les enfants bondirent et commencèrent à danser autour de la Grande Fille, ils battaient la mesure avec leurs pieds, et de leurs mains frappaient les parois du wagon. Petit à petit, toujours dansant, ils se rapprochèrent de la porte et la martelèrent de toute leur force, les poings serrés comme s'ils avaient voulu attaquer le soldat s'il se montrait.

Le Garçon au Chapeau Pointu se dirigea vers le coin où se trouvait le seau, et y demeura, tel un chevalier en armure prêt à affronter un terrible dragon, sa bande loyale de compagnons derrière lui. Il regarda les enfants comme s'il demandait leur aide, et ils cessèrent de battre le sol et le fixèrent avec intérêt. Il se pencha, releva le rideau ravagé, le raccommoda, puis d'un geste assuré, le remit en place. Alors il se leva et déclara d'une voix triomphante :

"Le rideau restera ici pour toujours et nous ne laisserons personne l'enlever !"

"Hourra ! Hourra ! » crièrent les enfants, puis ils recommencèrent à danser.

La Grande Fille tapota la cruche d'eau. Au début ils crurent qu'elle était en train de tambouriner pour rythmer leur danse, mais quand elle tambourina plus fort et qu'elle les appela, ils tournèrent vers elle un regard interrogateur, se taisant progressivement pour l'entendre crier : « Petit-déjeuner ! Petit-déjeuner ! »

Ils commencèrent à se regrouper autour de sa boîte – lentement, peu disposé à interrompre leur jeu. Mais ils finirent par se calmer et se placèrent comme s'ils s'étaient mis d'accord là-dessus. La Grande Fille partagea le pain aidée par le Garçon au Chapeau Pointu.

Il lui restait même quelques miettes de chocolat, mais comme il n'y en avait pas assez pour tout le monde, la Grande Fille proposa que seuls les plus jeunes pourraient en avoir et tous acceptèrent.

Pendant tout ce temps, Biba était restée près de la fente dans la paroi. Soudain, alors qu'elle observait les enfants en train de manger, elle ressentit le désir impérieux de se cacher, de s'échapper et de sortir de cet endroit. Une panique noire la submergea. Était-ce à cause du soldat, du conte de l'horrible géant qu'elle n'avait jamais entendu auparavant, ou de quelque chose d'inconnu et d'indéfinissable ? Elle se sentait isolée également. Personne ne l'avait jamais remarquée, seule dans son coin, ne parvenant pas à se joindre à leurs jeux. Elle pensait justement à cela lorsque le Garçon au Chapeau Pointu se rapprocha, s'accroupit devant elle et lui dit dans sa langue à elle :

"Mange lentement, par petits morceaux. Mange à la manière des petits oiseaux, ainsi la faim ne reviendra pas trop tôt, parce que tu n'auras rien d'autre avant demain."

Elle le remercia et fit comme il avait dit. Il attendit afin de s'assurer qu'elle l'avait compris, puis la quitta avec un air satisfait. Ses yeux le suivirent, son cœur gonflé de soulagement et de gratitude à l'idée qu'au moins un autre enfant parlait sa langue. Et pas n'importe quel enfant, mais *lui,* le Chef des garçons, le plus courageux d'entre eux. Elle pensa qu'il était précieux pour elle, un peu comme un proche.

Le jour passa et le peu de lumière qui traversait la petite fenêtre près du plafond disparut. L'obscurité gagna l'intérieur du wagon, comme si quelqu'un avait abaissé des stores. Les enfants se préparaient pour la nuit à venir, s'installant dans un coin, contre une paroi, cherchant une cuisse où reposer leur tête. Biba attendait ce moment depuis longtemps. Toute la journée elle avait échafaudé des plans pour se retrouver au coin derrière le rideau, et désormais, enfin, le wagon plongé dans l'obscurité et tout le monde allongé, elle put gagner le seau avec précaution. Elle était même gênée à l'idée d'être *entendue* là-bas, et quand tout fut terminé, elle soupira de soulagement.

A présent, elle n'avait nulle part où se coucher. Toutes les bonnes places étaient déjà occupées, même celle qui se trouvait à côté de la fente – toutes, sauf celles proches du seau, là où la puanteur était trop forte. Elle continuait à chercher une place quand le Garçon au Chapeau Pointu la remarqua.

"Eh toi, » l'appela-t-il à voix basse. « Viens ici !"

Elle rampa vers l'endroit où il était allongé sur un gros sac en jute et il bougea un peu pour lui faire de la place. Elle le remercia d'un souffle et s'allongea – mais son corps restait trop tendu pour qu'elle sombre dans le sommeil.

De toute façon, elle ne voulait pas dormir : elle voulait parler. Il y avait trop de choses qu'elle voulait lui demander.

Il saurait à coup sûr tout ce qu'elle voulait apprendre - il avait été si courageux aujourd'hui quand il avait ravaudé le rideau. Mais comment débuter ? Que pouvait-elle lui dire ? Peut-être dormait-il déjà ? Peut-être ne voulait-il pas parler ? Il était fatigué ?

Elle restait immobile, écoutant le bruit monotone des roues et le grincement du seau dans le coin, mais c'était des bruits auxquels ils s'étaient tous habitués- il ne faisait aucun doute qu'ils se seraient réveillés s'ils avaient soudain cessé.

Tout à coup il lui murmura dans l'oreille :

"Est-ce que tu dors ?"

"Non."

"Moi non plus. Tu veux parler ?"

"Moui."

Ils s'assirent avec précaution afin de ne pas déranger les autres mais restèrent silencieux.

Il finit par commencer à parler.

"Comment tu t'appelles ?"

"Biba, et toi ?"

"Vlado."

Un autre court silence, puis il demanda :

"Tu vas déjà à l'école ?"

"Pas encore. L'année prochaine.

"Moi j'y vais déjà depuis quatre ans ».

"Vraiment ? Dit-elle, impressionnée.

A nouveau le silence régna. Puis Biba rassembla son courage pour demander :

"Dis-moi, où allons-nous donc ?"

"Très loin. Dans un autre pays."

"Comment s'appelle ce pays ?"

"Le Camp.»

"Tu y es déjà allé?"

"Non. » Son attitude apprit à Biba qu'il n'était pas intéressé par ce sujet. Il commença à s'abaisser et s'allongea sur le dos.

Inquiète à l'idée que ceci pouvait signifier la fin de la conversation, Biba demanda rapidement :

"Cela fait combien de temps que tu es dans ce train ?"

"Trois jours."

"Et les autres ?"

"Oh, bien plus longtemps. Ils étaient déjà là lorsque je suis monté. Tu es la seule qui soit venue après moi. Certains sont dans ce train depuis une éternité."

"Tu sais, je ne comprends pas du tout ce qu'ils disent- pour la plupart. Ils parlent tellement bizarrement."

"C'est parce qu'ils viennent tous de pays différents, donc ils parlent des langues différentes, tu comprends ?"

"Moui."

Biba aurait voulu lui poser depuis le début une grande question, savait-il où se trouvaient les mères, mais à la seule pensée de Maman, une boule se formait dans sa gorge. Elle avait peur d'éclater en sanglots en prononçant le mot « Maman », et alors Vlado penserait qu'elle n'était juste qu'une petite pleureuse. Elle décida de na pas lui poser cette question- il y en avait d'autres.

"Vlado ? » Elle se sentait un peu intimidée en l'appelant ainsi par son prénom.

"Quoi ?"

"Pourquoi portons-nous tous des étoiles ?"

"Parce que nous sommes Juifs, » dit-il comme si cela expliquait tout.

"Qu'est-ce que ça veut dire, Juifs ?"

"Je ne sais pas."

Encore un silence. Enfin, Vlado conclut par un « dormons maintenant. » et il s'arrangea une place sur les sacs.

"D'accord, » dit Biba, mais quand elle fut allongée, ses cheveux contre son cou, elle prit son courage à deux mains et lui demanda rapidement, d'une voix qui essayait d'être normale :

"Et nos mères, où sont-elles ?"

"Je ne sais pas. » Il parla doucement, pensif, comme si la question le tourmentait également, comme s'il s'y était préparé, attendant depuis le début qu'elle lui pose cette question.

"Je suppose qu'elles se trouvent également sur ce train. Je les ai vus amener ma mère à un wagon qui ressemblait à celui-ci."

"Ma mère aussi, » murmura Biba, luttant pour refouler ses larmes.

Ils étaient immobiles désormais, silencieux, mais éveillés.

Et si ce que disait Vlado était vrai ? Si maman se trouvait dans ce train ? Excitée, elle prit une profonde inspiration et commença à considérer son entourage à partir de cette perspective. Vraiment, comment cela avait-il pu lui échapper ? Comment n'avait-elle pas pu se souvenir que le wagon qui avait englouti Maman ressemblait exactement à celui-ci ? Et que sa porte en bois avait une étoile peinte semblable à celle sur leurs manches, à cela près qu'elle était bien plus grande. Peut-être même qu'elle était juste à côté d'eux. Peut-être qu'elle aussi était allongée sur le sol comme Biba, contre la paroi, de l'autre côté, mais c'étaient les mêmes roues qui roulaient sous elle. Peut-être que le soldat lui apportait du pain le matin. Peut-être qu'elle pourrait même l'apercevoir…

Le désir de voir Maman se fit sentir avec telle urgence qu'elle se redressa d'un coup. Oh elle allait se lever, marcher au-dessus de Vlado, s'aplatir contre la paroi et l'appeler : « Maman ! » Non, pas la paroi - la porte ! La porte qui à chaque fois ne laissait entrer que le soldat et qui sinon était toujours fermée. Elle tirerait de toutes ses forces et l'ouvrirait, sauterait du train, courrait jusqu'au prochain wagon, ouvrirait sa porte, puis toutes les portes des wagons l'une après l'autre, le long du train tout entier jusqu'à ce qu'elle trouve Maman.

Elle se sentait très forte, suffisamment forte pour accomplir tout cela. Elle fut rapidement submergée par cette sensation et ne put rester tranquille, elle fallait qu'elle agisse. Elle se mit à genoux dans l'obscurité, contempla les enfants endormis, la porte dont les charnières tremblaient : qu'elle était grande, bien plus grande que d'habitude, bien plus grande que durant le jour, et fermée par un millier de verrous.

Son regard se reporta sur la paroi. Elle rampa plus près, la toucha, pressa son visage et ses lèvres contre elle. Elle ferma les yeux et se figura Maman de l'autre côté. Peut-être qu'elle aussi avait pressé son visage contre la paroi, peut-être au même endroit, peut-être qu'il n'y avait rien qu'un mince obstacle en bois qui les séparait. Maman était là – elle *devait* être là.

Biba posa sa joue pleine de larmes contre la paroi et pleura doucement en appelant sa - « Maman !"

Chapitre quatre

Quand Biba se réveilla le lendemain matin, tous les autres étaient déjà levés. Les petits étaient peignés et lavés, la queue devant le rideau s'était réduite au minimum ; la plupart des enfants avaient déjà formé des groupes et repris leurs jeux de la veille. L'un des plus grands groupes s'était rassemblé autour de Vlado et jouait à « l'école. » Comme il était le plus âgé, Vlado était naturellement le maître. Il avait formé deux rangées bien droites, chacun se tenant assis, les mains croisées dans le dos, comme dans une vraie salle de classe. Il appela une fille « au tableau ». Elle se leva, se rapprocha, les mains toujours derrière le dos et le regarda. Vlado montrait trois doigts, et l'on pouvait voir au visage grimaçant de concentration de la fille qu'elle faisait un gros effort pour penser.

"Allez ! Combien y a-t-il de doigts ? Compte-les !"

"Trois », dit la fille, les comptant d'un mouvement du menton, ses mains toujours occupées à s'agripper derrière le dos.

"Et là ? » - il leva son autre main.

"Euh... » cette fois-ci, elle prit plus de temps. « Cinq », dit-elle enfin, d'une voix peu assurée.

"Maintenant, dit Vlado, si tu ajoutes ces trois doigts de cette main-là, aux cinq de celle-ci, combien y en aura-t-il en tout ?"

C'en fut trop pour elle. Deux ou trois enfants lui soufflèrent la réponse, et quand Vlado les surprit, il fut si fâché qu'il les mit au coin. Puis il donna une mauvaise note à la fille et demanda à une autre fille qui ricanait de partir.

Alors il remarqua Biba et l'invita à les rejoindre, mais elle refusa de la tête. Elle n'était pas intéressée par un jeu si bête. Elle savait déjà compter jusqu'à mille, elle pouvait lire et additionner sans l'aide de ses doigts. Elle savait que trois plus cinq donnaient huit sans même avoir à y penser. De plus, elle voulait occuper la place près de la fente avant qu'un autre enfant ne se l'approprie.

Elle s'y posta et regarda. Cette fois-ci, elle remarqua à peine le paysage, toujours désolé, jauni et sans vie. Cette fois-ci, elle étudia le train, leur train. Qu'y avait-il derrière leur wagon ? Y avait-il même d'autres wagons ? Et si oui, à quoi pouvaient-ils ressembler ? La locomotive était-elle proche ou éloignée ? Il faudrait qu'elle attende une courbure de la voix ferrée : elle ne pouvait rien voir tant que le train se déplacerait en ligne droite.

En ce moment, il tournait, et elle vit les autres wagons : ils étaient très nombreux, tous semblables au sien. Ils étaient tous fermés et sans fenêtres, évoquant d'énormes caisses en bois avec une seule petite ouverture sous le toit. La locomotive était relativement proche - seul un wagon la séparait du sien.

Elle observa les autres wagons. Qu'y avait-il à l'intérieur ? Des sacs ? des animaux ? Elle avait déjà vu des wagons semblables où l'on faisait monter des vaches ou des moutons. Mais peut-être que ceux-là ne contenaient ni vaches, ni moutons mais des enfants ? Des enfants petits et grands avec des étoiles, des enfants qui pleuraient comme la petite fille aux cheveux d'or et qui n'arrêtaient pas de demander : « Où est maman ? » Des enfants qui hurlaient de concert : « Ma-man ! » C'était drôle, quand on y pensait, que tous les enfants, quelle que soit leur langue, appelaient toujours leur mère « maman ». Ou au moins, ils prononçaient un mot très proche et qui *sonnait* comme « maman ». Cependant peut-être que tous n'appelaient pas leur mère en prononçant un mot proche de « maman », mais que seuls le faisaient les enfants avec une étoile ?

Les wagons derrière le sien avançaient à nouveau en ligne droite. Elle ne pouvait rien voir de plus, mais elle continuait à fixer la voie, attendant la prochaine courbe qui lui permettrait d'inspecter les wagons plus précisément. Elle écoutait le roulement du train et il lui sembla qu'il changeait alors qu'elle l'écoutait, pour ainsi dire – et pour répéter ce que Vlado lui avait dit hier : « peut-être qu'elles se trouvent également sur ce train. Je les ai vus emmener ma mère vers un wagon semblable à celui-ci."

Un immense soupir de soulagement traversa tout son corps : « Maman, mami !"

Mais peut-être qu'il n'y avait pas que *sa* Maman. Qu'il y avait la maman de chaque enfant. Peut-être que toutes les mères étaient présentes ensemble dans un wagon ?

Oui, la mère de chaque enfant devait se trouver dans le prochain wagon, et les enfants ne le savaient même pas. Mais il fallait le leur dire ! Il fallait qu'elle le leur dise. Il fallait le leur dire - et alors tous les enfants se lèveraient comme un seul, se tiendraient près de la voie et hurleraient tous : « Ma-man ! » Et les mamans entendraient ce cri, elles étaient faites pour l'entendre. S'ils criaient tous ensemble, ils couvriraient le bruit des roues et de la locomotive. Peut-être que s'ils frappaient la paroi de leurs poings et piétinaient en cadence le sol cela serait encore mieux, ils feraient tant de bruit que les mères les entendraient. Comment pouvaient-ils rester assis, calmement, à jouer et à écouter des histoires, à dormir – alors que juste à côté, presque à portée de main, se trouvaient leurs mamans. Comment pouvaient-ils l'ignorer ? Il fallait le leur dire.

Elle allait se tourner vers eux pour leur parler quand elle sentit que le train commençait à se pencher une nouvelle fois. Elle colla son œil sur la fente : si seulement son regard avait pu percer ces planches ! Elle aurait pu jeter un coup d'œil et vérifier si Maman se trouvait vraiment là.

Qu'est-ce qu'elles pouvaient bien faire, les mères ? Elles devaient très probablement être assises toutes ensemble et occupées à se peigner, s'aider à mettre boutons, crochets et rubans, se raconter des histoires et jouer. Oh, fadaises ! Qui avait jamais vu des mères occupées à cela ?

Mais alors ? Que pouvaient-elles bien faire ?

Elles n'étaient sûrement pas assises tranquillement comme les enfants. Elles devaient sans doute arpenter leur wagon, affairées, frappant les parois, recherchant une issue, essayant de forer un trou, de frapper la porte, de monter à la fenêtre, de crier, de hurler, de forcer les verrous. Et quand elle finiraient par comprendre que tout cela était vain - elles pleureraient, s'arracheraient les cheveux, se frapperaient la tête contre les murs, crieraient le nom de leurs enfants. Et si tout cela ne les aidait pas non plus, si personne n'arrivait à ouvrir la porte et à répondre à leurs cris – alors elles finiraient par s'asseoir aux quatre coins ou à se poster près d'une fente de la paroi. Chaque mère ne savait qu'une seule chose : son enfant se trouvait là-bas, dans l'autre wagon, et elle ne pouvait le rejoindre. Et quand le soldat venait apporter le pain et l'eau, elles se précipitaient sur lui, cherchaient à le maîtriser, à sortir, à s'échapper et il devait appeler d'autres soldats à l'aide car elles étaient trop fortes pour lui. Les soldats arrivaient et les repoussaient dans le wagon en les frappant avec les crosses de leurs fusils, peut-être même qu'ils les transperçaient de leurs baïonnettes. Mais les mères ne sentaient rien, elles les frappaient sauvagement, les repoussaient et criaient : « donnez-moi mon enfant !"

Chaque mère criait dans sa langue : « donnez-moi mon enfant ! Mon enfant !"

Oui, c'est exactement ça : toutes les mères crient et les appellent, tout comme sa Maman à elle. Peut-être même qu'en ce moment, à cette minute même, elles se tiennent là-bas et martèlent les planches rugueuses en appelant leurs noms. Et les enfants ne les entendent pas. Il faudrait qu'elle le leur dise. Ils devraient se lever et crier, crier jusqu'à ce qu'ils soient entendus par-dessus le vacarme des roues et de la locomotive, que leur hurlement puisse être perçu par leurs mères.

Il fallait qu'elle leur parle, qu'elle leur dise tout cela.

Mais comment ? Ils ne comprenaient pas sa langue.

La Grande fille tapota la cruche d'eau, appelant les enfants à petit-déjeuner. C'est seulement à ce moment que Biba réalisa à quel point elle avait dormi tard, et que le soldat -du -pain -et -de -l'eau était déjà venu et parti.

Elle aurait voulu rester près de la fente comme hier, mais Vlado surgit devant elle, et lorsqu'elle hocha la tête il vint et la tira jusqu'à l'attroupement autour de la boîte, lui faisant de la place derrière lui. Elle voulait lui parler des autres wagons, et des mères qui s'y trouvaient, mais elle avait peur que cela soit bête. D'un coup tout cela ne semblait plus réel, même pour elle. En outre, Vlado savait tout, et il ne faisait pas de doute qu'il saurait si oui ou non les mères étaient présentes, ce n'était donc pas à elle de le lui dire.

La Grande Fille commença à regrouper les enfants autour d'elle, donnant la préférence aux plus petits. Biba observa que Nicole se trouvait un peu à part, elle la ramena et lui présenta un groupe de petits. Elle lui sourit et Nicole lui rendit son sourire. Chaque enfant reçut sa tranche de pain, mais aujourd'hui il n'y avait plus de miettes de chocolat. Le pain était sec et rassis, et les petits refusèrent de le manger. Certains commençaient déjà à pleurer, mais avant que leurs pleurs ne se propagent à d'autres, la Grande Fille ramassa le récipient vide de chocolat et commença à passer d'un enfant à l'autre en faisant semblant de leur distribuer du chocolat. Elle plongeait une main dans le récipient, faisait un mouvement de saupoudrage avec les doigts au-dessus de chaque tranche de pain, puis souriait en disant :

"Voilà du chocolat pour toi », ou « Est-ce que c'est assez sucré ? » ou encore « Mm, c'est bon, n'est-ce pas ? ».

Les grands enfants savaient qu'il n'y avait pas de chocolat, mais ils aidèrent la Grande Fille à faire semblant - et se tournèrent vers les petits devant eux en leur demandant si les miettes étaient sucrées, ou avaient bon goût, ils leur faisaient ainsi croire qu'ils les désiraient eux aussi et semblaient envier les petits en se passant la langue sur les lèvres - et tout le monde fut content. Les petits, convaincus de l'illusion de manger du chocolat, et les grands, ravis de les avoir convaincus.

Au milieu de ce repas d'illusionniste, le train freina abruptement. Les roues crissèrent, les enfants tombèrent les uns sur les autres, le seau glissa de son coin vers le centre du wagon, la Grande Fille et Vlado attrapèrent la cruche pour empêcher l'eau de se répandre et le train s'immobilisa.

Surpris, ils se regardèrent puis fixèrent avec impatience la porte.

Ils entendirent des pas, puis un galimatias de voix, des gens qui couraient. Une voix, plus forte que les autres, donna un ordre. Le wagon commença à rouler de nouveau, mais lentement, comme s'il était poussé et non tiré par la locomotive, les roues se déplaçant sans bruit à part un clic occasionnel. Ils s'assirent en contemplant la porte, se turent et attendirent. Ils sentaient que quelque chose allait se dérouler, quelque chose de peu ordinaire.

Quelques enfants firent une échelle de mains et d'épaules afin que Vlado puisse atteindre la fenêtre, il jeta un regard et annonça que les autres wagons avaient disparu, qu'il n'en restait plus qu'un derrière eux, sans toit et rempli de soldats, et devant eux, la locomotive. Inquiets, les enfants recherchèrent des fissures dans les parois afin d'observer par eux-mêmes.

Le train s'arrêta, puis repartit dans un grincement éraillé de roues, un peu comme une personne qui éclaircirait sa gorge avant de commencer à chanter.

"Venez tous ! » dit la Grande Fille, comme si elle cherchait à détourner leur attention de ce qui se passait à l'extérieur. « Nous n'avons pas encore bu notre eau."

Ils approchèrent et formèrent une queue pour recevoir leur demi-tasse d'eau. Ils avaient dû accomplir la même chose chaque jour, mais aujourd'hui c'était différent : aujourd'hui il semblait que cela avait une signification particulière. L'un après l'autre ils se rapprochaient de la cruche, buvaient leur ration et tendaient la tasse à la personne suivante. Puis ils allaient tous s'asseoir, les yeux fixés sur la porte, les oreilles en alerte pour capter les sons des roues, et tenter de comprendre pourquoi ils se déplaçaient si lentement.

Le train s'arrêta encore une fois dans un grincement. Il s'était arrêté à de nombreuses reprises lors de ce voyage mais ils avaient toujours su qu'il repartirait. Maintenant il restait immobile. Pourquoi ? Et où se trouvait le soldat ? Pourquoi ne venait-il pas ? Que signifiaient tous ces bruits ?

On avait l'impression qu'il y avait beaucoup de monde au-dehors, et qu'il en arrivait toujours plus.

Ils attendaient, tendus, aux aguets. Puis la porte s'ouvrit et trois soldats gravirent les marches. Quelqu'un de l'extérieur fit glisser le second battant de la porte, et la lumière du soleil blessa leurs yeux - aveuglés, ils se détournèrent et couvrirent leurs visages de leurs mains. Les soldats se rapprochèrent et les enfants, devinant leur proximité, écartèrent un peu leurs doigts et regardèrent à travers en essayant d'habituer petit à petit leurs yeux à cette lumière éclatante.

Alors que les enfants restaient assis, les soldats avancèrent et les pointèrent du doigt ainsi que la porte : tout le monde devait sortir.

La Grande Fille se leva, une main protégeant toujours ses yeux, puis elle se tourna vers les autres et leur dit d'une voix calme et apaisante :

"Levez-vous, nous sommes arrivés."

Ils se mirent debout, protégeant leurs yeux comme elle le faisait, se massant autour d'elle.

"Chaque grand s'occupera d'un petit », dit-elle, haussant la voix afin de se faire entendre malgré les cris et les lamentations des plus jeunes. « Nous allons devoir les porter car ils ne peuvent pas descendre tout seuls. Les marches sont très hautes, étroites et dangereuses, faites attention. Allez, on y va - la porte est ouverte, nous pouvons partir."

Biba prit Nicole par la main et marcha avec elle vers la sortie, mais un soldat les sépara et laissa Biba descendre seule. Nicole se mit à pleurer, toute effrayée, et commença à crier :

"*Maman, maman, où est maman ?* »[3]

Elles se trouvaient déjà près de la sortie. Biba ne pouvait pas porter Nicole, alors la Grande Fille prit Nicole par un bras, et Nicole se saisit de sa propre petite sœur, Esty. En les tenant fermement contre son corps, elle se tourna vers la sortie, vérifiant d'un coup d'œil si les autres avaient compris et la suivaient. Ils l'avaient regardée brièvement, puis Vlado prit Biba et la fille timide devant le seau, les mena jusqu'à la porte et les fit descendre, les soldats leur tendant la main.

Dehors, toujours incommodés par la lumière, ils titubèrent comme des ivrognes et durent s'asseoir immédiatement. Ils avaient l'impression que la terre tournait autour d'eux, comme si eux-mêmes étaient encore en mouvement, les roues grinçant et le sol se balançant sous leurs pieds.

Un long moment fut nécessaire avant que les odeurs de l'herbe, du sol, des pierres et de l'air frais ne puissent atteindre leurs sens, un long moment avant qu'ils ne saisissent la réalité de toutes ces choses – elles n'étaient ni un souvenir, ni une illusion, mais bien réelles ici autour d'eux. Lentement, les yeux encore fermés, ils touchèrent le sol, tâtonnèrent, commencèrent à explorer timidement les environs. Petit à petit, ils se réadaptaient au monde extérieur - à la lumière du jour, à l'espace environnant, au ciel au-dessus d'eux. L'un après l'autre, ils ouvrirent les yeux, humaient le bon air, regardèrent la pelouse et réalisèrent qu'ils n'étaient plus enfermés dans un sombre wagon bondé - ils reposaient sur une terre ferme, et non plus un vide qui se balançait, invisible mais supposé - ils se trouvaient bien de nouveau à l'extérieur.

Quand il comprirent que les enfants s'étaient remis de leur première expérience avec la lumière du jour, les soldats leur ordonnèrent de se lever. L'un après l'autre, se soutenant mutuellement, d'un pas encore mal assuré, mais sans protester, ils se mirent debout, formèrent une ligne pour être comptés. Puis quelques soldats partirent et d'autres arrivèrent pour encadrer les enfants et les mener le long des rails jusqu'à un champ en contrebas. Les enfants marchaient par paires, deux soldats les gardant à l'avant, deux autres à l'arrière et deux de chaque côté, séparés par une assez grande distance.

Les bruits de la locomotive et des roues, les sifflements et claquements sonnaient encore à leurs oreilles, mais à chaque pas leur confiance augmentait. Certains enfants ne purent conserver la cadence et se retrouvèrent à l'arrière, rompant les

---

[3] en français dans le texte (NDT

rangs, mais les soldats étaient patients et les attendirent avant de repartir. A chaque fois que le chemin serpentait, les soldats les recomptaient afin de s'assurer que personne ne s'était échappé. La voie se rétrécit en un défilé entre de gros rochers et quand ils en sortirent, ils firent une pause, émerveillés par la vue de la grande et verte vallée qui s'ouvrait devant eux. C'était là que les soldats les menaient.

Marcher devint plus difficile. Ils devaient descendre une colline désormais, mais il n'y avait plus trace de chemin, ni de sentier, et ils se déplaçaient prudemment – s'aidant les uns les autres à travers flaques, roches, orties, avançant parmi de hautes herbes qui piquaient et dérangeant lézards et sauterelles.

Ils n'arrêtaient pas de trébucher, de tomber les uns sur les autres et sur les soldats. C'était pour les enfants sans chaussures que c'était le plus dur, ils blessaient leurs pieds en marchant sur des épines, les coupaient sur des pierres et s'effrayaient de marcher sur un ver, un lézard ou un criquet.

Les soldats durent se résoudre à abandonner l'espoir de les garder en ligne. Au lieu de les repousser à chaque fois de la crosse de leur fusil, ils se contentèrent de marcher tranquillement derrière eux. Lorsqu'ils estimaient que le groupe était trop disséminé, ils arrêtaient ceux qui étaient à sa tête, attendaient les traînards, les recomptaient puis tout le monde repartait.

Ils finirent par atteindre la vallée qu'ils avaient aperçue d'en haut, et elle était encore plus jolie que ce qu'ils avaient imaginé – recouverte d'herbe verte et de fleurs.

Ils se sentirent soulagés, comme si la sensation de vivre à l'extérieur, à l'air libre et sous le soleil, venait seulement maintenant de les pénétrer ; comme si enfin la terre avait cessé de se balancer sous leurs pieds, et que leurs corps n'étaient plus traversés par le vacarme des roues.

Ils réalisèrent seulement à ce moment-là qu'ils étaient complètement libres. Leurs visages s'illuminèrent, devinrent joyeux, et bientôt, les dernières traces de peur, de confusion et d'hésitation avaient disparu. Désormais il n'y avait plus au monde que ciel, nuages, oiseaux et fleurs, air et lumière, et l'espace infini. Ils comprirent à la fin que c'était ce dont ils avaient manqué dans ce wagon étouffant.

Une petite brise se faisait sentir, rafraîchissant leurs visages, elle apportait de la vie et de la joie. Ils commencèrent soudain à parler et à bavarder entre eux dans toutes les langues. Ils riaient, tiraient les tresses des filles, tendaient leurs bras vers le ciel comme s'ils voulaient saisir les nuages, faisaient la chasse aux lézards, attrapaient des scarabées. Les soldats marchaient toujours à côté d'eux mais ils ne les réprimaient pas et les enfants n'étaient plus troublés par leur présence : ils leur semblaient aussi évidents que les étoiles de leurs manches, comme s'ils avaient toujours été *là*. Les soldats ne leur donnaient pas d'ordres, ils ne les obligeaient pas à se remettre en rangs, ne les réprimandaient pas. Même leur façon de marcher d'un pas de bottes cadencé s'était transformée en une démarche nonchalante adaptée au rythme des enfants.

Ils marchaient en parlant par groupe de deux ou de trois. Certains avaient même enlevé leur ceinturon, déboutonné leur veste, rangé leur calot dans une poche et allumé une cigarette. Ils s'étiraient en inspirant le bon air.

Heureux, insouciants, les enfants se déplaçaient sur la pelouse comme s'ils n'en connaissaient pas d'autre, comme si cette pelouse était leur maison et leur terrain de jeux favori. Les soldats regardaient et finirent par imiter les enfants – cueillant une fleur çà et là, cherchant des feuilles de trèfle, poursuivant les papillons, sifflotant une tige aux lèvres. Et on avait l'impression que les enfants avaient aussi oublié qu'il s'agissait de soldats – les mêmes soldats qui leur avaient crié dessus, les avaient jetés dans ce train et enfermés dans ce wagon à l'odeur fétide. Dans cette belle vallée, tout était oublié, et les soldats ressemblaient à des garçons plus âgés en uniforme d'écoliers – tête nue, essoufflés, les fusils mal attachés derrière eux - des garçons plus âgés à qui on avait donné des armes et dit de jouer aux « soldats ».

Comme la Grande Fille, comme Vlado, les soldats s'occupaient des plus jeunes enfants, les aidaient à franchir les obstacles, les portaient dans leurs bras en cas de grosse fatigue, retiraient une épine d'un pied de garçon. Vlado attrapa un hérisson et tous se groupèrent autour de lui et touchèrent avec hésitation ses piquants, le taquinèrent jusqu'à ce qu'un des soldats dise qu'il fallait le relâcher et le mettre à l'abri d'une pierre, sinon il allait mourir, alors tous eurent pitié du hérisson et on obéit aux paroles du soldat.

Ils traversaient lentement la vallée, enfants et soldats, comme s'ils ne savaient pas où aller ni ne s'intéressaient à l'endroit où ils se rendaient.

Le soleil était haut dans le ciel et il faisait chaud au moment où ils atteignirent un groupe de baraques en bois que l'on n'aurait difficilement pu appeler « hameau ». Les baraques semblaient abandonnées, à moitié calcinées, sans toits ni fenêtres, çà et là on pouvait apercevoir un sol en ciment qui montrait l'emplacement d'anciennes baraques. L'endroit était délimité par une clôture de fils de fer barbelés qui étaient eux aussi endommagés par endroits.

Les soldats s'arrêtèrent, boutonnèrent leurs tuniques, bouclèrent leurs ceinturons, remirent leurs calots, ajustèrent leurs fusils- et les enfants en conclurent que chez eux aussi, il était temps de remettre de l'ordre. D'eux-mêmes, sans qu'on le leur dise, ils se donnèrent la main, se mirent par deux, et quand les soldats se tournèrent vers eux pour leur donner des ordres, ils virent que les enfants avaient déjà formé deux lignes impeccables et souriaient malicieusement

comme s'ils avaient voulu dire : « Eh bien, on vous a bien eus, n'est-ce pas ?"

Les soldats marchèrent à nouveau comme de vrais soldats, les fusils bien droits derrière leurs dos et les enfants les suivirent. Ils s'arrêtèrent devant la seule baraque avec un toit et on leur dit d'attendre.

Maintenant ils pouvaient prendre leur temps et observer les environs. Le sol était nu, il n'y avait ni fleurs, ni pelouse, il était sale et parsemé de boîtes de conserve vides, de valises défoncées, de chaussures d'enfants, de cartons jaunis et de fer rouillé. Cet endroit ressemblait à une vieille décharge ou à un village abandonné. Les soldats leur dirent d'entrer dans la baraque et les enfants obéirent. Les soldats restèrent dehors et pendant un moment il y eut un flottement, soldats et enfants se regardant mutuellement. Puis on referma la porte et on la verrouilla du dehors.

Les enfants restèrent où ils se trouvaient, à l'écoute du pas des soldats qui s'éloignaient lentement et qui finit par s'évanouir. Tout à coup ne subsista plus rien qu'un profond silence, à la fois dans la baraque et à l'extérieur. Les enfants regardèrent la porte et se demandèrent pourquoi on les avait enfermés ici et pourquoi les soldats les avaient abandonnés ; et plus ils la regardaient plus ils avaient l'impression que cette porte ne serait plus jamais ouverte. Ils pouvaient encore sentir la petite brise de la vallée sur leurs joues rouges, le vent qui leur soufflait dans les cheveux tandis que désormais ils collaient sur leur front moite. Ils restèrent immobiles un moment, puis ils devinrent nerveux, bougèrent en se regardant et demandant des explications aux plus grands. L'endroit devenait torride. La chaleur augmentait à chaque instant comme s'ils se trouvaient à l'intérieur d'un chaudron en ébullition dont on attisait les flammes à la base. Ils commencèrent à remuer, à se mouvoir, à errer sans but.

La chaleur devint insupportable. Elle rayonnait vers eux à partir des murs, du toit qui émettait de petits craquements, de la fenêtre où le soleil semblait avoir été emprisonné. Ils avalaient leur salive, suçaient leurs doigts secs, erraient à la recherche d'un endroit un peu moins chaud. Les fleurs qu'ils gardaient à la main étaient fanées, elles semblaient avoir dépéri d'un coup comme si elles avaient été touchées par un doigt mortel. Le sol de la baraque était trop dégoûtant pour que l'on puisse s'y asseoir. Ils regardaient la porte, tendirent l'oreille pour capter quelque son, mais n'entendirent rien d'autre que leur propre gémissements. Tout le monde était parti, tout le monde les avait abandonnés. Ils étaient seuls. Le silence extérieur les remplit d'angoisse. Si seulement les soldats étaient restés avec eux !

Puis la soif vint aggraver l'effet de la chaleur et de la peur, et cela devint écrasant. Ils se mirent à fouiner dans la baraque, à inspecter le sol, à fouiller dans les ordures dans l'espoir de trouver quelque part un récipient rempli d'eau. Prisonniers de quatre murs étouffants, sous un toit brûlant, avec une fenêtre qui retenait le soleil, ils dérivaient comme des somnambules - desséchés, essoufflés, murmurant des mots qui ne signifiaient qu'une seule chose : « de l'eau."

Même la Grande Fille désirait de l'eau.

Au début, elle aussi avait fixé la porte. Puis elle avait essayé de calmer les enfants autour d'elle, et leur avait promis qu'on leur donnerait de l'eau bientôt, mais le ton de sa voix n'exprimait plus la même confiance. Elle semblait distraite, son regard se déplaçait sans arrêt quand elle parlait et lui donnait l'air d'être impuissante.

Les enfants perdirent tout espoir. Ils essayèrent de grimper aux murs, de trouver une fente, une ouverture, une sortie. Ils tapèrent sur la porte, s'accrochèrent à la Grande Fille. Ils suffoquaient, respiraient avec difficulté, dévorés par la soif. Ils savaient que tout le monde avait soif, mais chacun ne pouvait éprouver que *sa* soif, *son* terrible besoin de boire.

La Grande Fille fit un effort : elle rassembla autour d'elle les plus jeunes, commença à leur raconter une histoire en essayant de les faire rire avec une poupée de chiffons, mais aucune histoire, aucune blague ne put les distraire de leur soif dévorante. Personne ne l'écouta, seul un mot gardait encore une signification pour eux : l'eau.

"De l'eau » criaient-ils « de l'eau !"

Une fillette habillée d'une robe sans manches, un bandeau à étoile sur son bras nu, rampait sur le sol souillé. Elle reniflait comme un chiot, inspectant chaque objet, s'arrêtant devant chaque enfant et lui montrant une tasse vide en suppliant : « *Bitte, Wasser* !"

Un garçon lui prit la tasse des mains persuadé que la fillette leur *offrait* de l'eau. Mais elle reprit sa tasse et continua son périple, mendiait devant chaque enfant, avançait à tâtons sur le sol. Elle s'arrêta à côté d'un tas de papier et commença à le fouiller, comme si elle recherchait un trésor à l'intérieur. A chaque fois qu'elle parvenait à détacher un morceau de papier, elle le jetait sans le regarder, sans s'y intéresser, comme si elle détachait ce papier par pur ennui. Elle finit par abandonner et recommença à ramper péniblement, la respiration haletante. Elle s'immobilisa soudain devant Biba, son visage exprimant l'incrédulité.

Tout ce temps-là, Biba était restée assise dans un coin. Elle souffrait également bien entendu, mais elle n'avait pas tapé sur la porte, pas braillé, pas couru dans tous les sens, ni ramassé des papiers. Elle se tenait assise, apparemment indifférente aux larmes qui lui coulaient sur les joues - et c'était justement ces larmes qui avaient attiré l'attention de la Fillette à la Tasse. Avant que Biba n'esquisse un mouvement pour échapper à la contemplation fascinée de ces larges yeux, la fillette se blottit contre Biba, saisit la tête de Biba entre ses mains, s'agenouilla et commença à lécher d'une langue brûlante les larmes coulant sur le visage de Biba.

Ces yeux ainsi que ce visage pressé contre le sien avaient terrifié Biba. Elle voulut s'enfuir, se cacher, appeler à l'aide. Nicole s'assit à côté d'elle et lui dit à voix basse :

"de l'eau."

A ce moment-là, quelqu'un cria : « les soldats !"

La fillette à la Tasse se mit à bouger, se reprit comme si elle avait été attrapée en train de commettre un méfait. Tremblante elle se jeta sur le sol et cacha son visage de ses mains. Consternée, Biba la regarda, ne sachant pas si elle devait la fuir le plus vite possible ou l'aider à se mettre sur pied. La porte s'ouvrit et les enfants se précipitèrent vers elle. Biba commença également à se diriger vers la porte, puis elle hésita et revint vers la Fillette à la Tasse qui sanglotait sur le sol. Biba lui secoua l'épaule.

"Lève-toi ! » cria-t-elle. « Lève-toi ! Les soldats sont là. Ils ont ouvert la porte, ils vont nous laisser sortir et nous donner de l'eau. Tu m'entends ? De l'eau !"

La fillette ne bougeait pas. Les ongles incrustés dans le sol, elle pleurait. Biba fut traversée par l'idée que la fillette n'avait peut-être pas compris, qu'il était probable qu'elle parle une autre langue. Elle remit la fillette sur ses pieds et commença à la traîner vers la porte mais alors qu'ils étaient presque arrivés, la Fillette à la Tasse s'effondra de nouveau, le corps secoué de sanglots.

Biba chercha de l'aide mais tous les autres enfants étaient près de la porte, et un grand nombre était déjà sorti. Un soldat cependant, semblait occupé à les sélectionner – seuls les grands pouvaient sortir, les petits étant refoulés. Biba fit un dernier effort pour relever la Fillette à la Tasse, mais le soldat bougea et semblait prêt à refermer la porte. Biba bondit.

"Attendez ! » hurla-t-elle, paniquée, « attendez ! » - et elle fonça vers la porte. Elle réussit à voir Nicole qui n'arrêtait pas de crier d'un ton désespéré et dépité :

"Où EST MAMAN."

Puis elle sortit et la porte se referma après elle.

Une voix éplorée continuait à crier :

"Où EST MAMAN, MAMAN."

C'était Nicole.

C'était agréable de se trouver à l'air libre et de voir les soldats.

Ils formèrent une ligne – les garçons d'un côté, les filles de l'autre. Il faisait chaud à l'extérieur, le soleil tapait, le sable était brûlant sous les pieds mais ils restaient là -calmes, attentifs, pleins d'espoir.

Mais pourquoi donc avait-on dû laisser les petits dans la baraque ? Peut-être parce qu'ici il faisait trop chaud et qu'il valait mieux pour eux qu'ils restent à l'intérieur ? Au moins ils s'y trouvaient à l'ombre. La cabine était étouffante, il est vrai, mais elle offrait une protection contre ce soleil ardent. Si seulement on pouvait leur donner de l'eau pour faire cesser leurs plaintes. La Fillette à la Tasse devait sûrement continuer à pleurer, allongée sur le sol.

Si seulement on pouvait leur donner de l'eau – à eux tous !

Pourquoi les soldats avaient-ils eux aussi formé une ligne ? Pourquoi, alors que personne ne pouvait les voir, à part les enfants ? Et pourquoi ne leur donnait-on pas de l'eau ? Qu'est ce qui les poussait à se tenir comme cela face à face ? Eh bien, quelqu'un avait dû leur donner l'ordre d'agir de la sorte. Oui, mais on n'avait pas ordonné de distribution d'eau. Et les soldats ne pouvaient pas partir comme cela afin de distribuer l'eau, n'est-ce pas ? Quelqu'un devait le leur dire. Eux-mêmes avaient soif : on n'avait qu'à regarder leurs lèvres desséchées pour s'en assurer. Mais eux non plus n'avaient pas le droit de boire tant qu'on ne leur avait pas donné d'ordres.

Oui, eux aussi devaient attendre, exactement comme les enfants.

Le bruit d'un moteur de voiture se fit entendre, puis se rapprocha et stoppa dans un grincement de freins derrière la baraque où étaient les petits. Deux soldats apparurent et juste derrière eux – lui : le Soldat aux Boutons Dorés.

La canicule et la soif furent oubliées pendant un bref moment : les yeux écarquillés, soldats et enfants contemplaient l'arrivée du personnage.

Les soldats se raidirent, levèrent le menton, claquèrent les talons, présentèrent les armes et regardèrent droit devant eux.

Les enfants observaient, fascinés par la fourragère dorée de son uniforme, les gants blancs, les bottes luisantes, le galon doré de la casquette. Il resta un moment entre les deux rangées de soldats et d'enfants.

Il était grand et beau. Son uniforme était tout neuf et tout ce qu'il portait semblait impeccablement net, lisse et brillant. Chaque bande galonnée, chaque bouton doré étincelaient ; et plus que tout, ses hautes bottes noires.

Il passa rapidement en revue la longue rangée des soldats et ne s'arrêta que pour donner un ordre au dernier homme aligné.

Son discours fut brusque et tranchant. Le soldat claqua les talons et partit en courant. L'officier lança un bref coup d'œil pour s'assurer que son ordre était exécuté, puis il se tourna vers les enfants.

Au début il les contempla tous d'une certaine distance, puis il se rapprocha à grandes enjambées du rang des filles, s'arrêtant au niveau de la plus jeune à la fin de la ligne - Biba. Il la regarda avec une expression amicale, comme s'il la connaissait, comme s'il l'avait vue quelque part et qu'il essayait de s'en souvenir. Biba était complètement subjuguée par sa présence – il était si merveilleusement élégant, tellement splendide, tel un prince de conte de fées. Elle ne pouvait croire qu'il lui sourie – à elle, à elle seule, parmi tous les enfants, et avec tous ces soldats présents. Mais il lui souriait – les coins de sa bouche étaient indubitablement retroussés. Levant sa baguette, il ajusta légèrement l'étoile de sa manche. Il le fit de manière si douce et distinguée qu'elle reçut l'impression d'une caresse, et Biba prononça presque un merci. Toujours rayonnant, il baissa un peu sa tête comme s'il allait lui murmurer quelque chose à l'oreille puis il partit – se retournant pour lui sourire une dernière fois et agiter son bâton. Biba le prit comme un salut, puisqu'il utilisait sa baguette comme une main.

Il inspecta chaque enfant, s'attardant un peu devant la timide qui n'avait pas voulu utiliser le seau, et devant une autre qui avaient de longues nattes. Il les gratifia d'un rictus poli, semblant leur souhaiter la bienvenue, mais ne s'arrêta pas auprès d'elle aussi longtemps qu'il l'avait fait pour Biba. Cependant, quand il arriva à la fin de la ligne, il s'immobilisa et parut surpris.

Tout le monde, enfants et soldats, regarda ce qui l'avait surpris. C'était la Grande Fille.

Le Soldat avec les Boutons Dorés croisa les bras et l'observa avec une évidente satisfaction, comme s'il avait enfin trouvé ce qu'il recherchait depuis tout ce temps. Elle se tenait au début de la ligne, la plus grande de tous, plus grande même que le plus grand des garçons. Au début elle l rendit son regard à cet homme élégant qui lui montrait de l'attention mais bientôt elle se troubla et baissa les yeux.

Il fit un pas en arrière, l'étudia d'un peu plus loin de la manière que l'on étudie un tableau puis il se rapprocha et souleva de sa baguette la chevelure de la fille en contemplant le résultat. Comme la Grande Fille gardait toujours les yeux à terre, il lui releva le menton de sa baguette et l'obligea à garder la tête haute, mais elle continuait toujours à refuser de le regarder. Il persévéra cependant, se rapprochant et la regardant sévèrement.

Tout le monde attendait ce qui allait se passer. Il aurait pu la frapper de sa baguette, il aurait pu ordonner aux soldats de l'emmener, mais au lieu de cela, il se contenta de rester et de la contempler – de la contempler si longtemps qu'à la fin elle releva ses yeux et lui lança un regard terrifié. Il se déplaça et lui lança un dernier coup d'œil qui semblait signifier : « nous nous reverrons. » - puis il alla vers la rangée des garçons.

Son inspection y fut rapide. Il marcha le long du rang les mains derrière le dos, remuant la baguette ; il inspecta les garçons comme il passait ses troupes en revue. Une ou deux fois il salua d'un bref sourire, mais ne s'arrêta jamais et ne dit rien. Il semblait satisfait.

Il se rendit enfin à la baraque. Il ordonna que l'on déverrouille la porte et entra – il allait sans doute inspecter les petits également, peut-être remettrait-il sur pied la Fillette à la Tasse, peut-être allait-il réconforter ceux qui pleuraient. Mais non – il ressortit tout de suite. Il donna un ordre et tous les soldats partirent.

Les enfants restèrent seuls.

Ils coururent tous vers la baraque, espérant voir les enfants se ruer à l'extérieur, les bras prêts à les recevoir.

Mais personne ne sortit.

Sans savoir pourquoi, les enfants se dispersèrent en courant au hasard.

Ils s'étaient dispersés dans toutes les directions et seule Biba restait, incapable de se mouvoir. Elle tenta de s'échapper mais n'y parvint pas.

Soudain, comme si on l'avait piquée, elle aussi se mit à courir sans savoir où, loin, loin de cet endroit. Elle courut comme une folle, comme si sa vie était en jeu, comme si une meute de loups la poursuivait.

Elle fit demi-tour et courut. Elle désirait s'échapper, se cacher, ne plus voir personne, ni les enfants, ni les soldats, ni le soleil, ni le jour.

Elle trouva une large caisse pleine de vieux papiers sales et se mit dedans après s'être creusé une tanière, puis elle déposa des papiers sur sa tête. Il fallait qu'elle leur échappe, que personne ne puisse la voir, ne puisse jamais la trouver. Elle ferma les yeux, et tout devint noir – ici, avec elle, dans cette caisse, sous les papiers. Un après l'autre, ils apparurent : le Soldat aux Boutons Dorés, la Fillette à la Tasse, les enfants, les hommes, la baraque en feu, la chaleur et la soif.

Soudain il n'y eut plus assez de place dans la caisse, elle se sentit à l'étroit, coincée. Elle déplaça le papier et ils s'évanouirent tous. Mais peut-être s'étaient-ils seulement cachés. Peut-être étaient-ils derrière elle, prêts à frapper. Elle risqua un coup d'œil derrière son épaule. Non. Elle se recroquevilla à nouveau dans la caisse, ferma les yeux, et ils réapparurent tous rapidement - la poussant et se la renvoyant entre eux, comme si elle n'était qu'une balle avec laquelle ils jouaient.

Elle regarda les alentours : il y avait une baraque, elle ne brûlait plus mais une colonne de fumée puante planait au-dessus. Et il y avait le Soldat aux Boutons Dorés, ses grandes bottes noires qui semblaient tout près, énormes, semblables aux bottes de sept lieues de l'ogre du conte. Il n'avait pas de gourdin, ne portait pas de fourrure de loup, ses cheveux n'étaient pas longs ni emmêlés. Il était grand et jeune et beau – et plus effroyable que n'importe quel géant.

Elle sortit de la caisse, en fit le tour en rampant et se cacha derrière elle, assise, courbée, le menton sur les genoux. Une faible lamentation résonna en elle :

"Bitte -Wasser !"

Elle ouvrit les yeux afin d'échapper à cette voix mais la voix ne disparut pas et grossit de plus en plus, comme si un millier de Fillettes à la Tasse étaient en train de danser sauvagement autour d'elle et criaient, « Bitte Wasser ! » et lui jetaient dessus leur tasse vide.

Chapitre cinq

La Grande Fille était assise toute seule sur une caisse retournée, elle contemplait d'un regard vide les cendres encore chaudes de la baraque. Là où elle se tenait, tout était calme, presque paisible, et petit à petit, l'un après l'autre, les autres enfants commencèrent à se regrouper autour d'elle, ils surgissaient de piles de papiers sous lesquelles ils s'étaient cachés, ou apparaissaient derrière des boîtes, des cartons, des tas de détritus. Comme s'ils s'étaient donné le mot, ils regardaient tous la Grande Fille et attendaient qu'elle leur parle. Elle observa leur visage, elle semblait chercher quelqu'un. Quand ils furent tous présents, elle finit par se lever et se dirigea vers les restes carbonisés de la baraque. Les enfants la suivirent.

La chaleur devint insupportable. Le soleil au-dessus de leur tête, le sable sous leurs pieds – tout était en feu. Ils avaient soif, tellement soif que désormais ils ne pensaient à plus rien d'autre. Ils s'évanouissaient, la soif affaiblissait leur corps, leurs lèvres restaient collées, il fallait un effort pour les ouvrir. Ils rampaient sur le sable, hagards, désorientés, le soleil brûlant leurs têtes. Déshydratés, ils ne pensaient plus qu'à l'eau, de l'eau.

Un garçon aux cheveux blonds montra du doigt quelque chose au loin, son bras tendu constituait le seul mouvement dans la masse inerte formée par les enfants. Personne ne faisait attention à lui. Le garçon cependant, continuait obstinément à montrer du doigt. Il marmonnait quelque chose, ses yeux cherchaient confusément à capter le regard d'un enfant qui pourrait le comprendre. Deux ou trois d'entre eux, plus proches, finirent par se tourner vers lui, vaguement intrigués - mais si faible qu'elle fût, cette marque d'intérêt suffit pour encourager le garçon blond. Il se mit à genoux et pointa encore une fois quelque chose au loin. Les enfants se tournèrent pour regarder mais ne virent rien. Le garçon réfléchit, puis il leva son poing à sa bouche comme s'il buvait.

"De l'eau, » murmurèrent les enfants.

Lentement, mollement, ils bougèrent, remuèrent leurs membres engourdis ; et ce ne fut que lorsque le mot « eau » fut encore une fois prononcé par l'un des enfants que l'excitation les gagna.

L'un après l'autre ils se mirent péniblement debout, s'aidant et se portant, comme si quelqu'un leur avait dit de quitter cet endroit où le soleil les blessait. Puis, ils se mirent tous à courir, comme si on le leur avait ordonné.

"De l'eau ! » répétait en lui-même chacun d'eux, « de l'eau ! ». Là-bas, quelque part, au loin, il y avait de l'eau. Il fallait courir, se dépêcher d'y aller, y arriver avant les autres, arriver en premier. Peut-être qu'il n'y en avait pas beaucoup, peut-être pas assez pour tous, peut-être n'y en avait-il que quelques gouttes, ce qui ne suffirait qu'aux premiers arrivés.

Non, non, ce n'était pas possible, elle, Biba, devait absolument boire. Il fallait se dépêcher, se dépêcher aussi vite qu'elle le pouvait.

Dieu, la Grande Fille ! Si elle arrivait la première, elle allait tout boire. Elle est grande, et elle a besoin de boire beaucoup, et elle peut boire horriblement vite. Non, elle est gentille, elle en laissera pour les autres. Mais que penser du reste, un des plus grands par exemple, un garçon qui ne parle jamais et se tient assis tout le temps ? Regardez-les courir ! Elle doit les dépasser, les faire trébucher, qu'ils tombent en courant sur une pierre ou une branche, il ne faut pas qu'ils arrivent avant elle. Elle doit les ralentir.

Et tout en courant, Biba poussa quelqu'un qui tentait de la dépasser. Jamais auparavant elle n'avait agi de la sorte, et maintenant elle ne s'était même pas retournée pour vérifier si la personne était tombée. Qui était en train de la doubler à présent ? Vlado, il arriverait sans aucun doute avant tout le monde. Il était le plus rapide à la course. Regardez-le bousculer tout sur son passage, jouer des coudes et des poings, mettre à terre les autres. Oh, il fallait courir, courir, être en tête, ne laisser personne la rattraper. Il fallait atteindre l'eau aussi vite que possible et boire, boire, et encore boire. Seulement elle. Elle seule pourrait boire parce qu'elle était plus assoiffée que tous les autres. Elle devait boire toute l'eau et ne la partager avec personne.

Ils devaient probablement tous penser la même chose à ce moment-là, tous semblaient mobiliser leur force pour accélérer, courir et crier : « De l'eau ! De l'eauuu, De l'eauuu !"

Leur excitation grandissait, les traversait comme une vague et ils détalaient, galopaient, se poussaient, se frappaient avec sauvagerie, les yeux fixés droit devant eux. Chacun ne pensait qu'à lui-même, à rien d'autre qu'à ses besoins. Et alors ils la virent : une grande mare. Ils s'arrêtèrent brièvement, hésitèrent, mais ce fut suffisant pour que les traînards les rejoignent. Les premiers arrivés enragèrent et s'inquiétèrent même un petit peu, ils se jetèrent au sol, rampèrent jusqu'à la mare et se mirent à boire.

Il n'y eut bientôt plus de place autour de la mare et des combats commencèrent pour gagner de la place, on échangeait des coups, se tirait par les cheveux, se frappait, pleurait. Chacun voulait sa place près de la mare, personne n'était prêt à céder. A la fin, même les plus lents réussirent à se traîner jusqu'à l'eau, et le calme revint autour de la grande flaque boueuse et couverte d'écume. On n'entendait plus rien que des bruits de succion, de déglutition et des quintes de toux, ils lapèrent toute l'eau de la mare comme des chiots, et finir par sentir le goût de la boue dans leur bouche.

Biba se leva. Elle essuya la boue de ses lèvres, s'essuya les mains sur sa robe mais la boue maculait tout le devant de sa personne. Elle rechercha un morceau de papier, un chiffon, un peu d'herbe mais ses mains étaient déjà sèches. Elle se sentit épuisée, ressentit une sorte de vague inquiétude, un mélange de honte et d'amertume. Elle ne voulait pas lever les yeux et regarder les enfants, la mare, toute la scène. Elle voulait être seule, se détourner des autres. Elle ne voulait plus s'occuper d'eux et savait qu'ils ne s'occuperaient plus d'elle.

Ils étaient tous là, tranquilles, assis sur le sol, tenant leurs genoux dans les mains, ou encore allongés sur le ventre, mais ils ne formaient plus un groupe, comme tout à l'heure, quand ils s'étaient rassemblés près de la caisse, comme dans le train, quand ils avaient écouté les histoires de la Grande Fille.

Plus jamais ils ne seraient pareils à ceux qu'ils avaient été dans le train - au moment où tous s'étaient réunis afin d'installer un rideau cachant le seau pour la jeune fille timide. Maintenant chacun se repliait sur lui-même, incapable de regarder autrui dans les yeux.

La Grande Fille était allongée dans la boue. Elle pleurait doucement, essayant de contenir les sanglots qui secouaient tout son corps.

Ils finirent par pleurer tous, dans un concert de gémissements et de tremblements. Biba les contempla. Elle-même ne ressentait pas la moindre envie de pleurer, ni le besoin de les réconforter. C'était comme s'ils n'avaient pas été là, ou comme si elle les avait aperçus à travers une vitre. Elle se demandait pourquoi ils pleuraient.

N'y avait-il pas déjà eu un autre cas où tout le monde était en larmes, à part elle ? Mais cela lui était-il vraiment arrivé ou bien était-ce une histoire qu'on lui avait racontée ? Elle fit un effort pour s'en souvenir. Oui, il y avait très très longtemps : les images se déplaçaient l'une après l'autre dans sa tête, comme des photos dans un album qu'elle feuilletait avec distraction :

Francka dans la cuisine, le visage recouvert de son tablier, errant sans but, mélangeant quelque chose dans un saladier, hochant la tête et pleurant.

Tante Lizinka qui lui mettait ses chaussures, les larmes coulant de son visage pâle.

Tante Ksenia, elle aussi l'aidait à mettre ses chaussures, elle luttait avec les lacets, les yeux aveuglés de larmes.

Elle leva les yeux. Il y avait Vlado, et la fille aux longues tresses, et le garçon qui le premier avait découvert l'eau - et tous ils étaient en train de pleurer. Tous. Même la Grande Fille. Tous sauf Biba. Ils se tenaient les uns à côté des autres, mais ne voulaient plus rester ensemble.

Chapitre six

Un grand camion arriva, des soldats sautèrent puis déchargèrent un récipient d'eau et une cargaison de tranches de pain. Ils distribuèrent le tout, attendirent que les enfants aient tous pu boire et manger, puis ils les aidèrent à monter dans le camion et démarrèrent.

Les enfants ne savaient pas où ils allaient, mais pour le moment, il leur suffisait d'être de nouveau accompagnés par des soldats et emmenés loin du site de l'incendie, loin de l'eau putride, du sable, de la chaleur, de la soif.

Exténués, ils regardaient sans un mot le paysage à l'arrière du camion. Ils ne pouvaient plus voir l'endroit qu'ils avaient quitté. Ils roulaient à travers un milieu ouvert - des prairies, des oiseaux, le ciel. Ils ne pensaient pas que les soldats auraient réagi s'ils s'étaient déplacés près de l'ouverture à l'arrière, mais ils n'avaient pas la tête à se lever. Ils étaient contents de rester là où ils se étaient, près des soldats.

Ils n'avaient plus soif, la chaleur était tombée et une brise fraîche s'était levée, c'était tout ce qu'ils remarquèrent pendant un moment.

Très loin à l'horizon le soleil se couchait.

Le soleil !

Jadis, dans un passé infiniment éloigné, le mot « soleil » avait évoqué quelque chose de complètement différent. Il évoquait une journée magnifique, le gazouillis des oiseaux, des jardins fleuris et les fleurs des champs, les épis de maïs dorés, les boutons de fleurs dans les arbres, les fenêtres grand ouvertes, les rires, la joie…

Maintenant ils avaient appris à connaître un autre soleil - un soleil brûlant, un soleil capable de nourrir les incendies dont les flammes dévoraient les enfants, un soleil qui vous frappait la tête, qui vous aveuglait, qui desséchait vos lèvres et qui vous assoiffait – de manière insupportable.

Ils avaient appris que le soleil pouvait les meurtrir.

Le ciel flamboyait dans une gloire violacée.

Le camion s'arrêta. Ils ne furent ni surpris, ni inquiets, ni contents, ni déçus. Ils savaient que le trajet ne durerait pas éternellement et qu'ils finiraient bien par arriver quelque part - ce qui s'était produit. L'un après l'autre, ils descendirent les échelons métalliques et se retrouvèrent sur le sol, entre deux lignes de soldats. Ceux qui les avaient accompagnés arrivèrent et formèrent une troisième rangée, perpendiculaire aux deux autres. Sans qu'on le leur dise, comme s'ils agissaient par habitude, les enfants aussi finirent par former une ligne. Ils se rangèrent par taille en commençant avec la Grande Fille et en prenant garde à rester à proximité de leurs soldats et de s'aligner en face d'eux. Le camion démarra dans un nuage de poussière et de sable.

Ils avaient désormais du temps pour observer leur nouvel environnement. Ils se trouvaient à l'extrémité d'une vaste place qui ressemblait un peu à un immense terrain de jeux au milieu duquel se tenait une grande pompe à eau manuelle, semblable à celles que l'on voit dans les gares ferroviaires. Leurs regards se portèrent de l'autre côté de la place et ce qu'ils y virent leur glaça le sang : il y avait une baraque ! Ils ne remarquèrent pas l'arrivée d'autres soldats, ni le freinage d'une automobile. Ils n'aperçurent rien à part la baraque - une grande baraque en bois dont les fenêtres avaient des barreaux, comme…

"Oh non ! » murmura l'un des enfants. Ils se tournèrent tous vers lui : pétrifié par la peur, il pointait l'un des côtés de la place. Les enfants suivirent de leurs yeux la direction indiquée par son doigt et se raidirent.

C'était lui -le Soldat aux Boutons Dorés.

La fillette qui se trouvait à côté de Biba hurla et s'échappa. On la ramena, mais ses jambes ne pouvaient plus la porter. Elle s'affaissa en gémissant et resta accroupie.

Ils observèrent la haute silhouette qui s'approchait dans son uniforme soigneusement repassé, sa fourragère dorée et ses boutons, et les bottes luisantes, et la baguette qui se balançait dans son dos. Il leur lança un coup d'œil, puis tourna les talons et marcha jusqu'à la baraque, suivi par tous leurs regards.

Le silence tomba, interrompu par le seul crissement de ses bottes sur le sable alors qu'il parcourait calmement la grande place. Tendus, ils contemplaient chacun de ses pas et de ses mouvements.

Seuls quelques mètres le séparaient encore de la baraque. Encore quelques pas, et alors, et alors…

Il avait désormais atteint la baraque. Il leva la tête, tira le verrou, ouvrit la porte et alors -

Un énorme bloc sombre jaillit hors de la baraque, une masse hurlante et gémissante de créatures monstrueuses. Elles dépassèrent le Soldat aux Boutons Dorés avec des hurlements - poussant, se bousculant, piétinant la clôture et soulevant un nuage de poussière, ne regardant ni à droite, ni à gauche et courant à travers la place.

Ébahis, les enfants contemplèrent cette nuée sauvage qui s'avançait vers eux. Elle se déplaçait rapidement – une masse de bras gesticulant et de jambes donnant des coups de pieds ; elle luttait, jouait des coudes, piétinait les corps tombés à terre, braillait la bouche grande ouverte - un danger déchaîné convergeait vers eux.

Les enfants se prirent par la main et reculèrent contre la ligne de soldats derrière eux.

La foule était très proche. Choqués, les enfants réalisèrent qu'elle était constituée de femmes sans cheveux ni dents, habillées de loques, aux yeux béants et aux visages enflés et marqués. Elles arrivèrent dans une vision de cauchemar, les mains levées - tendues pour atteindre les enfants et les maintenir dans leurs griffes.

Les enfants se dérobèrent, s'accrochèrent aux bottes des soldats, cherchèrent refuge à leurs côtés, s'accroupissant, cachant leurs visages.

Les premières femmes s'arrêtèrent et retinrent les autres, comme elles essayaient de forcer le passage, les premières femmes formèrent une ligne de leurs bras pour les empêcher d'avancer. Elles tinrent bon et lentement l'énorme nuage de poussière qu'elles avaient soulevé commença à se dissiper.

Les femmes les plus proches recommencèrent à bouger, lentement. Elles étaient plus calmes maintenant, elles se contrôlaient davantage, réprimaient sanglots et plaintes.

Et alors, un garçon chuchota, interloqué :

"Maman ?"

Les autres enfants le regardèrent, puis posèrent leurs yeux sur les femmes, et enfin de nouveau sur lui, comme s'il devait être un mendiant pour avoir une mère qui ressemblait à ça. Comment pouvait-il, comment *tout* enfant pourrait-il avoir pour mère une femme comme ça ?

Biba gardait les yeux baissés, loin du garçon, loin du groupe des femmes. Cela faisait tellement longtemps qu'elle n'avait pas entendu quelqu'un prononcer « maman ». Elle ferma les yeux, tenta en silence de répéter le mot magique qui lui faisait venir les larmes aux yeux. Le simple fait de penser à ce mot la rendait joyeuse. Elle aurait voulu se trouver ailleurs désormais, se trouver seule afin de pouvoir le dire à voix haute sans que personne ne puisse l'entendre prononcer : « maman ».

Elle leva les yeux, et la foule était toujours là. Elle se sentit menacée, comme si on allait la frapper, et voulut courir mais resta où elle se trouvait.

Une paire de bras jaillit vers elle et une voix de femme brisée, tremblante d'émotion murmura :

"Biba..."

Elle sursauta.

Personne ne l'avait appelée comme cela depuis si longtemps qu'elle avait presque oublié qu'on l'appelait ainsi. Elle essaya de se souvenir de la dernière fois que quelqu'un l'avait appelée par ce nom. Cela faisait très longtemps, si longtemps qu'elle dut réfléchir un bon moment pour s'en rappeler. Cela s'était passé dans une gare, sur un quai bondé de soldats. Il y avait une foule de gens qui se frayaient un passage parmi des malles, des caisses et des colis ; une foule de gens criant et pleurant. Elle-même s'était tenue près de la porte ouverte d'un grand wagon et avait aperçu sa mère aux prises avec deux soldats, elle se débattait et tentait de se libérer. Ils l'avaient poussée sans ménagement puis l'avaient tirée par les cheveux et battue ; mais avant qu'elle ne disparaisse derrière la porte à l'étoile, elle avait pu crier une dernière fois, de toutes ses forces :

"Bi-ba !"

C'était la même voix qui prononçait son nom maintenant. Biba garda les mains sur son visage et essaya de s'enfoncer plus profondément dans les bottes du soldat.

A travers ses doigts, elle jeta un coup d'œil à cette femme. Puis la femme se mit à genoux, tendit deux mains sales et tremblantes, se rapprocha un peu plus – elle était si proche que Biba put presque ressentir le souffle de sa respiration sur son visage. Elle retira ses doigts avec précaution, étudia ce visage crasseux, ravagé par les larmes, le crâne rasé, les contusions et marques de coups noires et bleues. Elle essaya de comparer cette vision à une autre, plus familière, mais malgré tous ses efforts ne put trouver la moindre ressemblance. La femme l'observait et semblait attendre quelque chose, elle commença à remuer ses lèvres enflées pour dire quelque chose mais renonça – en pleurs.

La femme se calma, leva les yeux, bougea jusqu'à toucher les pieds de Biba avec ses genoux, avança un bras pour la toucher, mais Biba l'esquiva et recula pour l'éviter. La femme retira sa main aussitôt et la porta à sa bouche pour étouffer une lugubre plainte, puis elle dit d'une voix à peine audible :

"Biba, ma petite Biba, tu ne me reconnais pas ?"

Biba vit les larmes couler le long des joues de la femme, goutte à goutte, elles se posaient sur le menton, sa gorge, laissant des traits sur sa peau maculée de poussière – et soudain elle ressentit une sorte de proximité, de l'affection, des affinités. Elle avait fini par comprendre qu'elle appartenait à cette femme-ci et à nulle autre femme. Son esprit lui représentait Francka et tante Ksenia et tante Lizinka, et il semblait y avoir une connexion entre tous ces visages et celui qui se trouvait devant elle.

La femme fit un effort pour lui sourire, puis soupira. « Du moment que tu es en vie. » murmura-t-elle. « En vie, ici...oh Biba, ma chérie... » Elle sembla vouloir prendre Biba dans ses bras, mais puisque Biba se dérobait encore, elle baissa les bras en marmonnant : « ça va, ça va... "

Le soldat se mit à bouger. Lentement, avec précaution, il retira ses bottes sur lesquelles se trouvait Biba. Elle dut se lever. Privée de son abri, elle était debout, perdue, seule et sans défense, devant cette femme qui devait probablement être sa mère. Mais elle ne ressentit rien. Elle ne put même pas esquisser un geste vers elle, ni une étreinte, ni enfin imaginer cette parole, « Maman », qui était devenue une prière.

Elle ne tenta plus de se cacher ou de s'échapper. Elle permit passivement à la femme de l'emmener.

Chapitre sept

Trois jours avaient passé et Biba dormait toujours. De temps à autre elle s'éveillait, clignait des yeux le visage plein de sommeil, mais avant qu'elle ne soit complètement réveillée, ses paupières s'abaissaient à nouveau et elle se rendormait, couvée du regard par la femme sans cheveux. A chaque fois qu'elle apercevait cette femme, son visage et ses grands yeux, elle lui semblait plus familière, associée à des souvenirs lointains qui lui revenaient seulement si elle fermait les yeux, oscillant entre le sommeil et la veille.

Biba sursauta. Ses yeux s'ouvrirent, se promenèrent dans la pièce sans rien voir. Elle semblait hésiter – comme si elle avait voulu fuir un grand danger, et se demandait si elle n'allait pas en rencontrer un encore plus grand. Elle humecta ses lèvres avec de l'eau qu'on lui avait apportée, sentit le contact d'une main et comprit qu'il y avait une personne à coté d'elle, mais elle refusa d'ouvrir les yeux, elle ne voulait pas voir, elle avait peur de ce que ses yeux pourraient découvrir. Elle était fatiguée, lasse, désirait dormir. Elle entendit un gémissement d'enfant, il était proche et en même temps très éloigné, c'était un enfant qui gémissait « Maman !"

"Maman, » répéta Biba. « Maman,maman, » elle murmurait d'une voix inaudible, cela ressemblait à une berceuse qui l'aidait à dormir.

Elle se força à ouvrir les yeux, mais ses paupières restèrent fermées et elle plongea encore une fois dans le sommeil, dans le silence, l'obscurité et le brouillard. Biba savait qu'elle était en train de rêver. Elle essaya de passer de l'autre côté et de chasser son cauchemar. Elle se retrouva à moitié réveillée, entendit une conversation chuchotée à son chevet.

"Encore endormie."

"Oui, et son pouls est si faible. Parfois, je ne le sens pas du tout, et alors je pense qu'elle est en train de mourir devant mes yeux et qu'il n'y a rien que je ne puisse faire. Elle est si faible. Elle n'a rien mangé depuis trois jours. Elle n'a fait que dormir."

"Ne t'en fais pas. Elle va s'en tirer. Laisse-la dormir tout son saoul."

"Si seulement je savais ce qu'elle a enduré durant tout ce temps ! Les autres enfants ont-ils parlé ?"

"Non. Certains dorment également. Les autres se taisent..."

Biba chute, chute. Elle chute au fond d'un gouffre, et le moment suivant, elle flotte dans les airs. Puis la voilà de nouveau dans la gare, sur un quai. Des gens poussent et se bousculent. Une foule considérable, pressée de partir. Il y a de réels voyageurs, mais les autres appartiennent au train ou sont des soldats. Biba court, elle veut se cacher, parce maintenant on la poursuit, mais il ne faut pas qu'on l'attrape, il ne le faut pas, car elle doit trouver la porte à l'étoile près de laquelle se trouve Maman. Elle peut l'entendre crier, plus fort que le bruit de la locomotive, plus fort que la foule, plus fort que le speaker - plus fort que tout, elle entend la voix de sa mère crier :

"Rendez-moi mon enfant ! Bi-ba !"

Et Biba court, dépasse les gens, les malles, les soldats, elle court et hurle : « Maman ! Ma-maan !... » Elle arrive juste au moment où les soldats poussent Maman dans le wagon, et Maman tend un bras vers elle et crie « Biba ! » avant de disparaître.

Maintenant les soldats en ont après Biba. Elle tente de les éviter, mais petit à petit sa conscience émerge, elle sait qu'elle est en train de rêver et s'efforce de se réveiller.

Elle ouvrit les yeux en grand, contempla le plafond, essaya de ne rien voir, de se détacher de l'emprise de ces effroyables images. Elle fit un effort pour penser à quelque chose de différent, une chose belle, éloignée dans le passé et dans le temps. Elle essaya de se représenter des montagnes, la lumière du soleil, des fleurs et de vertes prairies, des ciels bleus avec des oiseaux qui volaient, et des papillons… Des papillons qui voletaient au-dessus des prairies et se posaient sur des fleurs. Elle les chasse avec son filet, essaye d'en attraper un, mais ils parviennent toujours à lui échapper quand elle pense les avoir capturés. Exténuée, haletante, elle persévère. Avec sa robe d'un blanc éclatant, son jupon lacé aux extrémités, ses rubans de soie dans les cheveux, elle ressemble elle-même à un grand papillon. Le monde entier intervient pour l'aider dans sa chasse, on dirait un conte de fées : les herbes hautes se couchent afin de lui indiquer la marche à suivre, les arbres abaissent leurs branches à sa hauteur, pour qu'elle atteigne les brindilles où se sont posés les papillons aussi beaux qu'une foule de fleurs étincelantes. Retenant sa respiration, elle se rapproche sur la pointe des pieds, lève son filet et hop ! - Deux magnifiques papillons sont attrapés.

Ravie, elle se précipite vers la grande maison et crie de loin :

"Maman, Maman, j'en ai pris deux, j'en ai pris deux !"

Maman apparaît au balcon, elle rit, ses longs cheveux agités par le vent. Elle salue Biba des deux mains et lui fait savoir qu'elle va la rejoindre. Et quand Biba parvient au sommet de la colline, hors d'haleine, elle se met à courir vers elle, sa robe de soie froufroutant, ses cheveux volant, les bras grand ouverts pour Biba – Maman, belle comme une image.

Ensemble, elles regardent les papillons, et les papillons les regardent. Et Maman lui apprend qu'un papillon est en fait une chenille transformée ; elle lui apprend aussi combien ils ont de pattes ; que leurs ailes sont fragiles et colorées ; à quoi sert cette sorte de poudre poussiéreuse qu'ils gardent sur eux ; pourquoi certains papillons sont ornés de points et d'autres de rayures ; combien de temps vit un papillon, et où se situent ses yeux. Alors, quand elle a appris tout ce qu'il était nécessaire de savoir sur les papillons, elles ouvrent le filet et les libèrent, et les observent jusqu'à ce qu'ils finissent par se fondre presque totalement dans les herbes, les fleurs et le ciel, ne faisant plus qu'un avec les champs et les nuages.

Ses yeux s'ouvrirent et rencontrèrent le regard de la femme sans cheveux. Elle ne bougea pas et garda ses yeux fixés sur le visage de cette femme, et plus elle le contemplait, plus il semblait lui rappeler quelque chose. Elle se sentait bizarrement émue et en même temps honteuse de ses pensées, peu disposée à les montrer. La femme la dévorait du regard, elle semblait vouloir parler et lui demander quelque chose, et Biba décida qu'il valait mieux fermer les yeux à nouveau afin d'éviter tout cela. Mais dès que ses yeux se refermèrent, le sommeil réapparut et avec lui les scènes effroyables…

La femme sans cheveux est agenouillée devant Biba. Elle protège de ses deux mains une tranche de pain qu'elle garde pour Biba. Son visage contusionné est mouillé de larmes, et d'une voix fatiguée et enrouée, elle répète mécaniquement :

"Biba, Biba, ma petite Biba, tu me reconnais ? C'est moi, Maman !"

Biba recule, étreint les bottes du soldat, jette un coup d'œil derrière elle. Cependant, quand tout le monde est parti, les soldats comme les enfants, et qu'il ne reste plus qu'elle et la femme en tête à tête, la femme murmure une fois de plus, très doucement et gentiment :

"C'est moi, ma chérie, c'est Maman !"

Elle se réveilla. Elle sentit cette fois que c'était pour de bon, qu'elle n'allait plus se rendormir, mais elle garda les yeux fermés, car elle désirait se préparer pour le moment, où, complètement réveillée, elle devrait affronter le regard interrogatif de la femme qui se tenait à ses côtés. Elle fit un effort pour se souvenir de l'endroit où elle se trouvait, de l'apparence de la pièce où elle était, de l'identité de cette femme ; elle essayait de s'habituer à l'idée qu'il y avait d'autres enfants et femmes dans cette pièce, et que *cette* femme était sa mère. C'était assez agréable d'être allongée comme cela les yeux fermés, mais elle comprit qu'elle ne pourrait pas rester comme cela éternellement. Elle ouvrit les yeux.

Son regard fixa le plafond, puis se porta sur les murs en bois, observa longuement la pièce, comme si elle disposait de tout le temps du monde. Enfin ses yeux finirent par se poser sur sa mère, et elle se redressa poliment pour s'asseoir et se força à sourire. Sa mère arrangea sa position, assouplit la couverture grossière et lui offrit un gobelet d'eau. Biba but, évitant le regard de sa mère, puis elle rendit le gobelet et dit d'une voix éraillée :

"Merci !"

"Dieu soit loué ! » soupira la mère qui s'affaissa contre l'extrémité du lit. « Elle parle !"

Biba la regarda avec curiosité. Elle se sentait triste pour elle, pensa qu'il lui fallait caresser ce crane rasé, toucher ce pauvre visage abîmé, dire quelque chose. Elle aurait pu lui demander *pourquoi* on lui avait rasé la tête, qui lui avait abîmé son visage, mais elle n'aurait pu lui dire que ce qu'elle, Biba, avait déjà deviné. C'était les soldats qui avaient fait ça – leur raser la tête, les frapper, les laisser sans eau. Peut-être que les femmes avaient également bu à même la mare comme les enfants, peut-être qu'elles avaient aussi tenté de sauver des gens de l'incendie. Voilà comment étaient les choses.

Sa mère devait attendre des actes ou des paroles de sa part. Mais quoi ? Que pourrait-elle lui dire ?

Sa mère déglutit puis lui sourit :

"Tu n'as fait que dormir. Je commençais à me demander si tu n'étais pas malade. Comment te sens-tu maintenant ?"

Biba la regarda comme si elle n'avait pas compris la question, laissant ses yeux parcourir lentement le visage de sa mère et l'étudiant intensément. Sa mère, gênée, leva une main, toucha les cheveux de Biba et lui caressa la joue, puis lui demanda anxieusement :

"J'ai tellement changé ? Oui, je ne suis pas surprise que tu ne m'aies pas reconnue la première fois. Je dois ressembler à un monstre… Mais tu sais, il y a eu tellement de choses…"

Sa voix s'éteignit et elle baissa la tête. Elle avait été sur le point de révéler à Biba toutes ces choses qui lui étaient arrivées, mais alors préféra se taire – qui sait ce que Biba avait vécu ? Quelles expériences bien plus terribles que les siennes ? Peut-être qu'elle ne *saurait* jamais. Elle leva les yeux et aperçut une tranquille compassion dans les yeux de Biba, elle réalisa à ce moment qu'en effet, jamais elle ne *saurait.* Ce qui était arrivé à Biba, quoi que ce fût, avait instauré une barrière entre elles, et elle ne serait jamais en mesure de la briser. Elle ne dit rien pendant un long moment, et ce fut Biba qui rompit le silence à la fin.

"Et Papa ? » demanda-t-elle doucement.

"Ils l'ont déporté, je ne sais pas où. Je ne l'ai plus vu et n'ai plus de nouvelles de lui depuis la nuit où ils sont venus nous arrêter. Cette nuit-là, ils nous ont séparés et emmenés vers des endroits différents… Je n'ai jamais pensé que je reverrais l'un d'entre vous, que ce soit toi, ou bien Papa… Au moins nous sommes deux maintenant. Maintenant je t'ai au moins retrouvée… vivante, ici… Je n'aurais jamais pensé… Oh, mais tu verras, tout va s'arranger. Mon visage va guérir, mes cheveux vont pousser, et tout va redevenir comme avant, n'est-ce-pas ?"

Biba ne dit rien. Que pouvait-on ajouter à cela ? Elle aurait voulu que sa mère garde le silence également, mais elle ne faisait que parler. Biba fit un petit geste impatient de la tête, mais cela ne l'arrêta pas, Biba tenta alors de se lever.

"Non ma chérie, tu ne dois pas, » dit sa mère. « Tu n'es pas encore assez forte, tes jambes ne te porteront pas. Il faut rester au lit encore un peu."

Biba sourit faiblement, résignée, comme si elle voulait dire : « Eh bien, puisque tu le dis... » Elle obéit et s'allongea à nouveau, et garda sa main recouverte d'ampoules éloignée du regard de sa mère. Elle tira la couverture sur elle, demanda un peu d'eau. A l'évidence ravie de pouvoir faire quelque chose pour sa fille, la mère prit le gobelet et l'amena aux lèvres de Biba, mais Biba le saisit fermement de ses mains et refusa d'être maternée. Cependant sa mère ressentait encore le besoin de parler : tout va s'arranger, tu verras, tout va s'arranger... Mais maintenant tu devrais manger quelque chose. Tu es faible, tu dois manger autant que possible. Voilà du pain- je n'ai que ça. En veux-tu ?"

"Oui, merci."

Sa mère allait encore commencer à parler, peut-être allait-elle lui raconter une histoire, mais après quelques mots elle s'interrompit et regarda bouche bée Biba émietter son pain et le manger avec précaution petit morceau par petit morceau, une main sous le menton afin de ne pas perdre les miettes. Où avait-elle appris à manger son pain comme cela ? Quand ? Qui le lui avait appris ? Seuls les prisonniers du camp mangeaient comme cela. Aurait-elle pu acquérir si rapidement les habitudes du camp ? Et cela signifiait-il en outre qu'elles se conduiraient comme des camarades- comme deux prisonnières amies possédant les mêmes habitudes et les mêmes devoirs ?

Ce fut encore une fois Biba qui brisa le silence.

"On vivra ici maintenant ? » demanda-t-elle, non parce qu'elle ignorait la réponse, mais pour donner à sa mère une occasion de parler.

"Oui, dans cette baraque, avec quelques autres mères et leurs enfants. Tu en connais déjà quelques uns, n'est-ce-pas ? Tu rencontreras les autres sous peu, et alors tu pourras jouer avec eux quand je serai partie travailler. Et puis, écoute-moi bien, Biba, il faudra être très sage pendant mon absence. Il y a des soldats partout ici, et tu devras faire ce qu'ils te demanderont."

Allongée, Biba écoutait sa mère, mais ses yeux semblaient vouloir dire : « Je le sais bien. Je t'en prie, je sais tout cela, et tellement d'autres choses en plus. »

Les femmes se préparaient à quitter la baraque. Sa mère se leva :

"Je dois aller travailler maintenant. Je reviendrai en fin d'après-midi. Veux-tu m'attendre ici ou bien jouer avec les autres enfants ?"

"Je t'attendrai ici."

"Comme tu veux."

Sa mère l'observait, elle étudiait son visage. Y avait-il eu une étincelle dans les yeux de Biba ? Un signe montrant quelque chose ? Allait-elle se mettre à parler ? Son regard avait-il trahi la joie d'être de nouveau ensemble ? Pouvait-elle maintenant prendre Biba dans ses bras ? Non, non, il fallait qu'elle soit patiente.

"Je m'en vais. Au revoir."

"Au revoir ! » dit gentiment Biba.

Arrivée à la porte, sa mère lui jeta un dernier coup d'œil- attendant, espérant quelque chose. N'y avait-il rien sur le visage de Biba ? Pas de petite lueur ? Un signe annonçant qu'elle allait parler ? Pour dire, par exemple :

"Reviens vite Maman ! » - ou

"Je t'attendrai, Maman, ne sois pas en retard ! » - ou encore

"Ne pars pas Maman, reste un peu plus longtemps"

- ou alors…

Dès que la porte fut refermée par sa mère, Biba sortit du lit et se dirigea vers la fenêtre sur la pointe des pieds afin de regarder sa mère. Elle la vit tourner au coin de la baraque pour éviter un soldat, puis encore une fois, quand elle réapparut de l'autre côté. Et ce n'est que lorsqu'elle fut certaine que personne ne pouvait la voir qu'elle leva sa main pour saluer sa mère.

Chapitre huit

Une nouvelle vie commença.

On se levait à l'aube et faisait la queue pour la ration d'eau : chaque personne recevait un gobelet plein qui devait lui suffire pour toute la journée. Les femmes avaient appris à placer prestement leurs gobelets en fer-blanc sous le filet d'eau afin de n'en pas perdre une seule goutte. Mais malgré cela il arrivait que la pompe ne fonctionne plus avant que la dernière personne de la ligne ait pu être servie, et dans ce cas, chacun contribuait à verser une cuiller de sa propre ration, car personne ne pouvait survivre sans eau avec cette chaleur.

De retour dans la baraque, on faisait son lit, nettoyait le sol, et on se lavait le visage, dans un bac qui servait pour trois baraques. Ensuite on porterait le corps des personnes mortes pendant la nuit, et quelques femmes se réuniraient afin de dire le Kaddish, la prière des morts, marmonnée rapidement à voix basse avant que l'on ne les emporte sur une charrette. La routine s'installait, tranquille, efficace, et s'imposait d'elle-même.

Un hurlement de sirène annonçait l'appel du matin. On s'alignait devant les baraques, les mères comme les enfants, les soldats venaient et les comptaient, ils retiraient les faibles, les malades et les morts et les empilaient tous sur la même charrette, signifiant par là qu'ils allaient tous connaître le même sort.

Parfois les soldats lisaient quelque proclamation, ou bien

appliquaient une punition, puis ils partaient.

C'était le *Kapo* qui répartissait les femmes parmi les différents groupes de travail. Il arrivait que l'on envoie également les enfants travailler, mais en règle générale ils demeuraient dans les baraques.

Le camp était situé dans une vallée torride, étouffante, enclavée entre des collines et des forêts. Le paysage qui entourait la haute clôture de fils de fer barbelés déployait une profusion de fleurs et de verdure, ce qui donnait à l'intérieur du camp l'apparence d'une clairière d'où l'on avait volontairement retiré toute herbe, tout arbre pour la transformer en désert.

Les baraques étaient disposées en anneau autour de la grande place sans ombre et sableuse. A proximité de l'entrée du camp, quelques grands arbres étaient restés dans un espace où l'on trouvait de petites maisons blanches et une basse clôture en bois, tout ceci était strictement inaccessible pour les détenus. Un garçon avait un jour outrepassé le panneau délimitant la zone interdite et son corps avait été exposé durant l'appel afin que tous retiennent la leçon.

De temps à autre des officiers se montraient et il était alors toujours possible de prévoir leur arrivée. Les soldats étaient plus tendus, les gardes plus stricts et le *Kapo* inspectait chaque lit au cas où une malade s'y était abritée afin d'échapper à une sélection, il observait aussi les visages des femmes pour y détecter des signes de faiblesse et fouillait tous les recoins. Aucune visite d'officier ne s'était jamais déroulée sans que l'on ne retire un corps de la baraque. Le moindre signe de résistance, réelle ou imaginaire entraînait de sévères représailles.

Une fois un officier aperçut une fillette qui refusait de donner la main à sa mère. Il se rapprocha et fixa son regard sur l'enfant qui le regardait pétrifié de terreur, incapable d'échapper à ce regard et de baisser les yeux.

"Alors ? » hurla-t-il. « Tu ne veux pas lui donner la main ? Si tu ne veux pas lui donner la main, cela signifie que tu ne l'aimes pas. Si tu ne l'aimes pas – peut-être que tu aimerais la frapper ? Tiens, prends ce bâton et frappe-la. Frappe-la, donc, Frappe-la, je te l'ordonne !"

La fillette garda fermement ses deux bras derrière le dos et recula horrifiée. Mais l'officier la força à prendre le bâton, la secoua fortement à l'épaule et continua à exiger qu'elle frappe sa mère. La mère elle-même se courba et montra son dos à l'enfant, l'encourageant doucement à obéir :

"Frappe-moi, frappe-moi ma chérie, mon amour. N'aie pas peur, Je sais bien que tu ne le veux pas. Il te tuera si tu ne le fais pas. Vite, avant qu'il ne devienne enragé !"

La fillette saisit le bâton, frappa sa mère une fois et lâcha prise comme si on l'avait piquée. Mais l'officier n'en resta pas là – il la poussa et lui donna des coups de pieds jusqu'à ce que, prise de panique, elle agrippe le bâton et commence à faire pleuvoir une grêle de coups sur le dos de sa mère. L'officier la dominait et criait :

"Encore, encore, plus fort ! Comme ça ! Encore !"

A chaque fois qu'elle s'arrêtait, même brièvement, l'officier la fustigeait, la giflait et la frappait immédiatement. Puis, aussi soudainement que cela avait commencé, elle eut fini. Elle laissa tomber le bâton à terre et aida doucement sa mère à se relever. On l'emmena.

Parfois le Soldat aux Boutons Dorés passait également les voir. Il apparaissait toujours élégant dans son uniforme impeccable, soigneusement repassé, avec sa fourragère dorée. Pendant l'appel il aimait s'attarder devant leurs rangs et passer en revue chaque enfant afin de s'assurer qu'ils étaient encore tous présents. Il fallait rester calme et baisser la tête. Il était interdit de la lever pour le regarder.

Il apparut un jour en compagnie d'un gros officier à joues rondes. Ils se dirigèrent droit vers la Grande Fille qui était maintenant toute seule. Elle n'avait plus personne de sa famille dans le camp : sa petite sœur Esty avait été brûlée vive et sa mère avait été emmenée un matin pendant l'appel.

Ils la dévisagèrent, lui dirent de se tourner et de relever sa jupe. Ils se consultèrent et à la fin le gros officier fit un signe de la tête, puis les soldats vinrent et l'emmenèrent. Elle les suivit rapidement, sans opposer de résistance, comme si elle s'y était préparée – sans se retourner une seule fois.

Tout cela se passait sans un mot, chacun se demandait seulement : à qui le tour ? Peut-être à moi ?

Chaque matin, les mères partaient travailler et les enfants attendaient toute la journée leur retour. Ils auraient pu jouer, se raconter des histoires, réaliser quelques bêtises, mais ils semblaient avoir oublié comment faire. La plupart du temps, ils restaient dans les baraques et attendaient leurs mères.

Leur nombre n'arrêtait pas de diminuer, ce qui réduisait toujours plus les possibilités de partager la même langue. Ils parlaient tellement peu que cela ne les gênait pas outre mesure. Bavarder, jouer – tout cela ressemblait à de stupides gamineries.

Biba aurait pu rechercher la compagnie de Vlado, mais à mesure que le temps passait, Vlado devint de plus en plus morose. Il préférait en général s'asseoir tout seul, sombre et de mauvaise humeur. Les rares fois qu'ils avaient eu l'occasion de communiquer, ils avaient évité de parler des mères. La mère de Vlado était en vie, mais elle vivait dans une maison, et non dans une baraque, et ses cheveux n'avaient pas été rasés. Elle pouvait lui rendre visite parfois, mais il n'était jamais content de sa venue. Il avait dit une fois à Biba qu'il n'aimait pas sa mère parce qu'elle ne vivait pas avec lui comme les autres mères du camp.

Les semaines passèrent et se changèrent en mois, et les mois se suivirent, puis ce fut de nouveau l'été. Une année entière avait passé depuis leur arrivée – et la mère de Biba maigrissait et s'affaiblissait jour après jour. Elle pouvait à peine parler à présent. Elle revenait complètement épuisée – apportant toujours une demi-tranche de pain pour Biba, lui expliquant que c'était la récompense pour son excellent travail. Biba accueillait avec joie ce don – à la fois parce qu'elle avait faim et qu'elle savait que sa mère était heureuse de pouvoir faire quelque chose pour elle.

En fait, Biba en était arrivé au point où elle aimait sa mère - mais n'arrivait pas à le montrer. Le matin, quand sa mère se rendait au travail, elle la suivait en cachette, elle avait toujours peur qu'il lui arrive quelque chose en chemin.

Elle se plaçait souvent dans un coin retiré et y restait pendant des heures au soleil, observant secrètement sa mère, prête à lui venir en aide si quelque chose venait à passer.

C'est pendant l'un de ces moments qu'elle se rendit compte que le pain que sa mère lui donnait était en fait une partie de sa ration ordinaire et non une récompense pour son travail.

Biba ne dit rien, car elle ne désirait pas révéler ce qu'elle avait découvert, mais à partir de ce moment-là, elle se plaignit moins de la faim et partagea le pain avec sa mère. Le cœur gonflé d'amour et d'angoisse, elle regardait sa mère porter à sa bouche une main épuisée et tremblante afin de manger.

Elles partageaient la même couche sommaire, une planche de bois qui reposait sur deux caisses, et des sacs de toile grossière faisant office de matelas et de couverture. Cette planche était si étroite et les sacs si peu nombreux qu'elles devaient se blottir l'une contre l'autre. Chaque nuit Biba était anxieuse à l'idée que sa mère pourrait l'étreindre, l'embrasser ou la caresser ; voire pire – qu'elle engagerait la conversation et désirerait l'interroger à propos de choses dont Biba ne voulait pas parler. Chaque nuit cependant, elle

se couchait rapidement, fermait les yeux et faisait semblant de dormir. Cependant sa mère ne l'embrassait jamais et Biba se rendait bien compte de l'effort que cela lui demandait et elle lui en était extrêmement reconnaissante. Et quand sa mère était profondément endormie, Biba rouvrait les yeux et contemplait le visage ravagé qui se trouvait à côté d'elle.

Depuis qu'elle avaient été réunies, jamais Biba ne l'avait appelée « Maman », quand bien même chaque soir avant de s'endormir elle se promettait de se lever le lendemain matin avec un beau sourire et de prononcer d'une voix toute naturelle : « Bonjour, Maman ! » Mais une année entière était passée et Biba n'était pas parvenue à tenir cette promesse.

Le matin arriva où sa mère faillit être emmenée lors de l'appel. Le kapo la regarda d'un œil soupçonneux mais elle réussit à peu près à se redresser et à rester sur ses pieds grâce au soutien secret de Biba. Elle pouvait sentir sa mère trembler, elle ressentait les efforts de sa mère pour se tenir debout et même pour inspirer de l'air dans ses poumons. Si seulement elle avait pu la ramener à la baraque, la mettre au lit et s'occuper d'elle.

Les soldats étaient partis, les femmes s'apprêtaient à partir au travail et la mère de Biba restait là comme si son esprit ne pouvait pas se décider à la mettre en mouvement. Elle ne disait rien, mais son visage était moite et Biba comprit qu'elle souffrait.

Elle la conduisit jusqu'à la blanchisserie, s'assit sur une pierre à l'extérieur et attendit. A chaque fois qu'elle entendait le sifflement du fouet elle se levait et risquait un œil à travers la serrure. Non ce n'était pas sa mère. Le dos mince dans sa robe d'un gris délavé était toujours penché au-dessus de la cuve, et c'était tout ce qui importait pour Biba. Elle retournait alors à la pierre et se reprenait son attente.

De temps à autre la porte s'ouvrait, ce qui faisait bondir Biba afin que personne ne la voie. Un soldat apparaissait, jetait un corps inerte sur le sable et retournait dans la baraque qui servait de blanchisserie, sans même attendre le soldat à la charrette qui venait charger le corps. Biba attendait que la porte se referme, puis elle fonçait vers le corps avant l'arrivée du second soldat. Elle poussait un soupir de soulagement, et observait ce dos gracile avec une vigilance accrue.

Au crépuscule, la porte s'ouvrit en grand et les femmes sortirent.

Biba courut à la rencontre de sa mère. Elle voulut la prendre dans ses bras, sentir sa joue contre la joue maternelle et lui murmurer à l'oreille « Maman, petite maman…. » mais elle eut honte. Sa mère se tenait contre un montant de porte et aperçut le visage de Biba, et ses yeux se remplirent de gratitude pour ce qu'ils avaient vus. Se reposant sur l'épaule de Biba, elle la laissa l'emmener jusqu'à la baraque de la même façon que Biba, il y a longtemps, s'était laissée emporter là-bas.

Chapitre neuf

Biba veilla sa mère toute la nuit. A chaque fois qu'elle s'assoupissait un instant, elle se réveillait en sursaut, terrifiée à l'idée de ce qui avait pu se passer dans l'intervalle, et elle regardait le visage maternel qui n'arrêtait pas de bouger. Par moments sa mère tremblait de froid, par moments elle brûlait de fièvre et cherchait à tâtons un gobelet d'eau, mais sa tête retombait lourdement avant qu'elle ne puisse y tremper ses lèvres et elle s'assoupissait à nouveau.

"Laisse-la dormir, » pensait Biba. « Mais si elle se réveille au matin elle sera assoiffée. Il faut que je parvienne la première à la pompe, pour être sûre de remplir le gobelet. » Elle se leva doucement, longea la rangée des lits sur la pointe des pieds, se faufila à l'extérieur en fermant la porte derrière elle.

Dehors il faisait encore sombre, et elle resta immobile pendant un temps, un peu troublée par le silence complet, l'obscurité, la place vide qui semblait tellement plus grande la nuit. Elle aperçut la silhouette d'un garde, attendit qu'il s'éloigne, puis traversa la place en courant pour atteindre la pompe à eau et s'assit en posant son oreille contre la pompe afin d'entendre le gargouillis qui devait annoncer l'arrivée du liquide.

Elle pensa à sa mère. Qu'était-elle en train de faire en ce moment ? Elle s'était peut-être réveillée et se souciait de l'absence de Biba ? A moins qu'elle n'ait une autre poussée de fièvre, et qu'elle serait soulagée si Biba lui épongeait la sueur de son front ? Peut-être qu'elle se sentait mal, et qu'elle n'avait personne pour l'aider à se lever ? Ou bien elle voulait boire mais le gobelet n'était plus là ? Et que se passerait-il si elle n'était plus en état de se lever le matin, et si le Kapo notait son matricule ? Peut-être qu'elle avait déjà été posée sur le tas devant la baraque …Non, non, ce n'était pas possible, elle dormait quand Biba l'avait quittée quelques minutes auparavant. Mais si elle perdait connaissance pendant l'appel, et s'effondrait aux pieds d'un soldat ? Ou alors si elle passait tout cela sans problème mais ne revenait pas de la blanchisserie ce soir ? Que se passait-il désormais dans la baraque ? Les autres femmes dormaient-elles encore ? S'était-elle réveillée ? Et si elle ne dormait pas, ni n'était réveillée, mais… Non ! Elle bondit, courut quelques mètres, puis s'arrêta, les yeux rivés sur la pompe en fer - froide et inerte comme si jamais de l'eau ne viendrait à couler à travers elle.

L'aube pointait. Des baraques – carrés noirs qui se détachaient nettement de la brume matinale – émergèrent les premières silhouettes fantomatiques de femmes et d'enfants. Elles convergèrent de tous côtés vers la pompe comme s'il s'agissait d'une habitude immémoriale et formèrent une ligne derrière Biba.

Toujours plus de personnes arrivaient, la ligne s'allongeait et ondulait à travers toute la place jusqu'aux baraques. La pompe allait reprendre vie, elle toussait et crachotait dans la tranquillité du matin. Un premier jet sortit.

Biba tint son gobelet sous le robinet, le remplit à ras bord et marcha avec précaution le long de la queue pour retourner à la baraque. Une femme d'une autre baraque l'arrêta.

"Comment va ta mère ? » demanda-t-elle.

"Elle dort."

"Elle sera capable de se lever pour l'appel ?"

"Je ne sais pas, » murmura Biba, dont la voix se mit à trembler.

La femme lui lança un regard appuyé, puis d'un geste bref et décidé, plaça quelque chose dans l'une des poches de Biba.

"Tiens ! » dit-elle. « Ma petite Rivkah n'en a plus besoin. Cache-le bien toutefois."

Biba baissa les yeux. Elle savait que ce que la femme lui avait donné était le médicament destiné à Rikvah mais la nuit dernière, les femmes s'étaient réunies autour du lit de Rikvah et avaient posé un sac sur son visage.

Elle et Rikvah avaient été amies. Certains jours elles avaient attendu ensemble devant la blanchisserie que leurs mères rentrent du travail. Hier, elle ne l'avait pas vue de toute la matinée, alors elle était passée lui rendre visite dans sa baraque. Rivkah était allongée et contemplait le plafond sans un mot, elle souriait faiblement à chaque personne qui venait la voir, comme si elle s'excusait, comme si elle était désolée de ne pas se sentir capable de parler en ce moment. Quand sa mère était venue la nuit avec des pilules – Dieu seul savait comment elle se les était procurées, peut-être les avait-elles volées dans la poche du Soldat aux Boutons Dorés – elle n'avait pu que recouvrir le visage de sa fille.

Biba aurait aimé lui dire quelque chose, mais ne savait pas quoi. Leurs yeux se rencontrèrent et se comprirent, et la femme murmura entre ses larmes : « Dépêche-toi avant qu'il ne soit trop tard."

"Avant qu'il ne soit trop tard, trop tard, trop tard ». Les mots résonnaient dans sa tête alors qu'elles marchait à grands pas vers la baraque, tenant le gobelet avec précaution. La mère de Rivkah était venue trop tard. Et elle ? Arriverait-elle à temps ? Si seulement elle avait pu courir, si un miracle avait pu se produire – se retrouver par un coup de baguette magique aux côtés de sa mère. Si seulement elle n'avait pas à marcher, à traverser la moitié de la place en se demandant ce qu'elle allait trouver dans la baraque. Mais qu'aurait-il bien pu se passer ? Ce n'était qu'une poussée de fièvre, elle allait boire et immédiatement se sentir mieux. Il fallait seulement se dépêcher, la rejoindre rapidement et ne rien verser à terre.

Elle arriva. Tout le monde était déjà levé. La responsable de la chambrée vérifiait les lits, crayon et papier à la main. Ici et là on couvrait un visage, notait les matricules des malades et des manquants – de tous ceux qui n'iraient pas à l'appel et qui serait ramassés par le soldat à la charrette.

La responsable venait de se placer devant le lit de la mère de Biba. Elle allait l'ajouter sur la liste quand Biba se précipita sur elle.

"Non ! » cria-t-elle. « Elle est seulement endormie ! » Elle n'osa regarder le lit de peur d'être contredite, mais elle fixa les yeux de la responsable avec courage.

La responsable prit le pouls de la mère, lança un regard dubitatif sur le visage terreux et avertit Biba :

"Qu'elle se lève donc pour l'appel ! Sinon je l'inscrirai."

"Elle y sera, elle y sera, vous verrez bien, » dit Biba, confiante. La responsable sortit. Biba sentit ses genoux fléchir et elle s'affala sur le lit, fermant les yeux un instant, ayant trop peur de regarder. Comment avait-elle pu affirmer que sa mère pourrait assister à l'appel alors qu'elle ne savait même pas comment elle allait ? Les femmes commençaient à partir et elle comprit qu'il ne lui restait pas beaucoup de temps. Elle posa le gobelet et se tourna vers le lit : sa mère y était immobile et ses traits pâles ne dégageaient aucun signe de vie. Biba lui prit le pouls et pensa détecter une faible pulsation, sans en être sûre – peut-être était-ce plus l'envie d'en trouver une. Non, non, elle pouvait la sentir. Elle était donc en train de dormir. Oui, elle dormait.

Mais comment la réveiller ? Il fallait lui parler. Oui, mais comment ? Comment l'appeler en ce moment ? Elle ne pouvait pas l'appeler « Maman » comme cela. Elle ne l'avait jamais appelée « Maman ». Mais alors comment la réveiller ? Il fallait se dépêcher, il était tard, de plus en plus de femmes quittaient la baraque.

La responsable apparut sur le seuil, lui lança un regard soupçonneux et leva son crayon. Alarmée, Biba saisit sa mère aux épaules et la secoua. Sa mère se réveilla en sursaut, hébétée, encore à moitié endormie, peu consciente de la situation. Elle aperçut Biba, tenta de relever sa tête, de parler, mais s'écroula d'épuisement et ferma les yeux. Terrifiée par l'idée qu'elle allait se rendormir, Biba bondit et cria :

"Maman !"

Elle l'avait dit sans y penser, effrayée par le ton de sa voix.

Les yeux de sa mère s'ouvrirent et contemplèrent le plafond comme si elle se concentrait intensément pour écouter quelque chose et s'assurer qu'elle avait bien entendu. Puis son visage se tourna lentement vers Biba, ses grands yeux irradiant le bonheur. Elle voulut parler mais elle ne put qu'éclater en sanglots. Elle pleura doucement, sans bruit, les mains sur le visage - pleura et pleura pour se laver de toute la peine et de tous les mots non dits.

Biba se trouvait à genoux à côté d'elle. Il n'y avait rien en ce moment qu'elle désirât plus que de mettre ses bras autour de Maman, de plonger son visage dans le sein maternel et de lui dire à quel point elle l'aimait. Au lieu de tout cela, elle dit, plutôt hors de propos :

"Peut-être allons-nous recevoir une lettre de Papa aujourd'hui."

Maman retira ses mains de son visage et regarda sa petite Biba avec amour. Elle lui toucha délicatement sa petite joue rouge et murmura :

"Peut-être."

Maintenant Biba était sûre que Maman allait se lever et elle redevint pratique.

"Je t'ai apporté des pilules et de l'eau, » annonça-t-elle, comme si c'était tout naturel – il n'y avait qu'à ouvrir l'armoire à pharmacie, prendre un médicament, puis tourner le robinet et remplir un verre.

Maman regarda les pilules avec stupéfaction mais ne dit rien. Elle en mit une sur la langue, but un peu d'eau mais rendit le gobelet à Biba après quelques gorgées, bien qu'elle eût clairement encore soif.

"Bois encore, » lui intima Biba, « il y en a beaucoup."

Maman se détendit, regarda Biba. C'était la première fois qu'elle la regardait si ouvertement, si franchement. Biba soutint son regard et garda ses yeux sur le visage de Maman, elle savait que Maman voulait dire quelque chose et l'attendait – quelque chose qu'elle ne pourrait dire que maintenant.

"Tu as tellement grandi."

La sirène retentit à ce moment-là. Les dernières femmes se précipitèrent dehors.

"Peux-tu te lever ? » demanda Biba avec angoisse.

"Oui."

Lentement, se tenant contre les murs et les lits, elle avança vers la porte aidée par Biba. Dehors, la vue du Kapo et des soldats sembla lui donner des forces. Elle était encore d'une pâleur mortelle, et Biba lui pinça les joues comme elle l'avait vu faire chez de nombreuses femmes. Ils durent attendre un long moment ce jour-là, plus longtemps que jamais, cependant quand les soldats passèrent Maman se tint bien droite et sourit devant eux, ses joues fraîches et roses comme si elle revenait d'un séjour à la montagne. Biba pressa triomphalement sa main et après le départ des soldats, elles manifestèrent leur joie en pensant au succès de leur ruse.

Malgré son soulagement, Biba se demandait quand même si sa mère serait capable de tenir une journée entière de travail à la blanchisserie. Son cœur s'arrêtait de battre à chaque fois que la porte s'ouvrait et dès qu'on la refermait, elle courait et jetait un œil à travers la serrure, apercevait le soldat à l'intérieur, persuadée que s'il se mettait à frapper Maman ou à la fouetter, elle perdrait connaissance et son corps serait jeté sur le sable. A la seule pensée de sa mère flagellée, si terriblement faible désormais, elle tressaillait.

Elle entendit un bruit sourd à l'intérieur – un coup ? Un corps qui tombait ?- et pressa un œil contre la serrure. A cet instant, Maman se retourna et regarda la porte comme si elle avait ressenti la présence de Biba derrière et elle eut un petite rire sous cape. Le cœur de Biba se gonfla de bonheur : Maman riait ! Bien ! Elle était en train de rire. Elle avait retrouvé des forces et gardait le moral. Les pilules avaient dû produire leur effet. Tout allait bien : Maman riait.

Il faisait chaud, c'était un de ces jours où le soleil semble s'appuyer sur les gens et leur soutirer toute leur énergie. Biba quitta son rocher et commença à marcher le long de la haute clôture en fils de fer barbelés derrière la blanchisserie, elle contemplait les vertes prairies au loin. Elle décida de rester un peu, retrouva l'un de ses endroits favoris, où des marguerites poussaient de l'autre côté de la clôture, et s'assit sur le sol. Elle venait souvent là afin d'admirer les marguerites, de voir comment elles poussaient et de vérifier qu'elles n'avaient pas encore été cueillies. Ce jour-ci, elles étaient particulièrement jolies – grandes, luisantes, pleinement épanouies.

Son regard se porta rêveusement au loin, vers les champs, puis vers la vaste vallée qui s'élevait doucement jusqu'aux collines lointaines.

"Tu te souviens ? » lui avait dit maman un jour, alors qu'elles marchaient à cet endroit ?

"Des marguerites. Tu m'en cueillais toujours un bouquet pour mon anniversaire."

Biba avait souvent pensé à ces paroles par la suite. Elle avait essayé de se souvenir, mais tout était si confus, cet autre monde, tellement éloigné et inaccessible. Elle pensait parfois qu'il n'avait jamais existé, que seul le camp avait existé depuis le début, et qu'elle n'avait jamais connu d'autres personnes que les soldats et les détenus du camp. Et pourtant Maman l'avait dit simplement, en souriant, comme si cela avait pu être aussi réel que ce camp devant leurs yeux : « Tu ne t'en souviens pas ? Les marguerites ? Tu en cueillais toujours un bouquet pour mon anniversaire."

Mais Biba ne s'en souvenait pas. Elle contemplait la verte campagne, humait les senteurs de la terre et des fleurs qui venaient de là-bas – et elles ne lui rappelaient rien. Tout ce qu'elle pouvait voir était la réalité devant elle : le fil de fer barbelé, et au-delà les champs et les marguerites. Cela n'évoquait rien en elle – et l'anniversaire de Maman encore moins.

Maman ! Elle bondit, se précipita vers la serrure pour regarder à travers elle, mais Maman n'était pas visible. L'endroit où elle se tenait auparavant était occupé par un grand bac en bois. Au moment où Biba se sentit emportée par un accès de panique et pensa que le pire était arrivé, elle aperçut Maman à l'extrémité de son champ de vision. On lui avait assigné un autre travail, et désormais, elle se trouvait à côté d'une table et pliait du linge. Biba eut une longue inspiration. Elle estima que cette tâche était plus facile - elle n'avait plus à s'abaisser tant, peut-être pouvait-elle se tenir contre le mur de temps à autre, et si elle avait de la chance peut-être pouvait-elle même s'asseoir un petit peu. Biba s'attarda un peu, s'assura que Maman allait bien puis retourna sur son rocher.

Elle était fatiguée et voulait dormir, mais elle n'osait pas quitter la blanchisserie pour se rendre à la baraque. A la réflexion, elle n'avait pas dormi du tout la nuit dernière ni bu une goutte d'eau ce matin. Soudain elle se sentit faible et malade. Elle aurait voulu se coucher ici même et s'endormir sur le sol, mais il faisait trop chaud, et elle savait bien qu'il ne fallait jamais s'endormir au soleil. Elle se força à se lever, erra jusqu'à la clôture et s'assit de nouveau.

Elle observait les marguerites, et soudain il lui revint qu'elle offrait des marguerites à Maman pour son anniversaire – donc son anniversaire devait avoir lieu maintenant. Les marguerites ne fleurissent qu'à une certaine période de l'année, et ainsi la date d'anniversaire de Maman devait correspondre à la floraison des marguerites, c'est-à-dire à cette période. Cet effort de concentration l'épuisa. La tête lui faisait mal et elle avait des vertiges. Tout était éblouissant devant elle, la clôture et les champs et les fleurs semblaient être enveloppées par une brume jaunâtre, un peu comme un tableau derrière une vitre colorée. Puis le tableau se précisa et ce n'était plus un champ mais un joli petit jardin. Un sentier menait du seuil jusqu'à un pavillon recouvert de lierre, et des massifs de fleurs poussaient des deux côtés du sentier – toutes sortes de fleurs, de toutes formes et couleurs, chacune avec son nom propre. Et là-bas, du côté de la clôture, se trouvaient les marguerites dressées sur leurs longues tiges droites faciles à cueillir, et Biba en cueillit un bouquet.

Puis le jardin se transforma de nouveau en un paysage de champs-derrière-des-barbelés, elle se sentit malade et voulut se lever mais n'en eut pas la force. Elle leva les yeux bien haut – pas dans le but d'apercevoir quelque chose, pas dans le but de faire revenir cette autre image, et seulement parce qu'elle devait absolument éviter de fermer les yeux sinon les vertiges allaient se manifester à nouveau. La voix de Maman revenait sans cesse : « Tu ne t'en souviens pas ?"

Et alors elle se souvint. Elle n'en fut pas surprise : elle s'y attendait presque, c'était comme si un écran avait soudain été crevé, et derrière lui, apparaissait tout ce qui était contenu dans ce « souvenir » de Maman.

Tout cela déferla en elle :

Une grande et vieille maison. La *leur.* Sa maison. Un large escalier en courbe menant à une véranda à hautes fenêtres. En face, une porte sur un côté mène à la cuisine où Francka prépare un gâteau. Elle l'a recouvert de crème fouettée et y place désormais des bougies. Un piano se fait entendre du salon. Papa est en train de jouer. L'atmosphère est à la fête, des invités sont attendus. Maman est occupée à se faire belle, mais Biba est impatiente - elle voudrait que Francka ait déjà fini avec le gâteau, et que les invités soient déjà là : qu'elle puisse enfin donner son cadeau à Maman. Elle court dans la pièce, ses bras encombrés de marguerites qu'elle a elles-mêmes cueillies. Elle se place devant Maman - jeune, belle, rieuse Maman avec ses longs cheveux dénoués sur ses épaules et portant une nouvelle robe qui la rend plus belle que jamais – et lui récite un poème. Puis Maman lui tend les mains et elles valsent ensemble dans la pièce, riant et chantant, et Papa les accompagne au piano jusqu'au moment où il décide de se joindre à elles. Puis Maman prend les marguerites et les arrange soigneusement dans un vase avant de les placer à l'endroit le plus joyeux de la pièce - sur le piano.

Un soldat apparut devant elle.

Elle ne bondit pas et n'eut même pas peur, elle s'assit un moment et regarda son visage bienveillant. Elle le connaissait : c'était l'un de ces jeunes soldats qui étaient arrivés ici en même temps qu'elle. Elle l'avait déjà vu à cet endroit précis -comme si, lui aussi, il était venu rechercher un pan de ses souvenirs. Biba était certaine qu'il ne l'aurait jamais chassée d'ici de son propre chef, mais qu'il agissait sur ordre du Soldat aux Boutons dorés et qu'il devait obéir. Elle se mit sur pieds, le salua silencieusement pour lui faire savoir qu'elle comprenait et ne lui en voulait pas, puis elle partit.

Les images du passé continuaient à la hanter. Elle se souvenait de tout maintenant - le grand jardin autour de leur maison, les prairies et les bois étendus,

Papa à la pharmacie et Papa au piano. Cependant toutes ces images semblaient déconnectées, elles ne parvenaient pas à se fondre dans un unique décor. Celle qui revenait le plus souvent était une image de Maman : jeune, belle et joyeuse, tenant à la main les marguerites devant Biba qui lui récitait un poème pour son anniversaire.

Comment ces mots avaient-ils pu disparaître?

"Je suis une petite souris… Je suis une petite souris… Je suis une petite souris…"

Le sable lui brûlait les pieds, le soleil tapait sur son cou. Elle était en nage. Des points jaunes apparurent sur le sable devant elle, chacun brillait comme un petit soleil.

"Je suis une petite souris… Je suis une petite souris… Je suis une petite souris… ».

L'un des soleils se transforma en une prairie de marguerites, mais alors qu'elle s'apprêtait à les cueillir, elles s'évanouirent entre ses doigts.

Le soleil était une fournaise. Elle ramassa un morceau de papier et en fit un chapeau qu'elle mit sur sa tête avant de repartir.

L'un des petits soleils à ses pieds commença à grossir. Elle s'arrêta, l'observa en train de croître puis de se ratatiner, puis il se moqua d'elle, avant de se fâcher et de se diviser en un millier de petits soleils. Elle marchait et les piétinait - les soleils, les marguerites.

Et puis Francka se montra dans le soleil, avec son tablier blanc et tenant un gâteau -

Et Maman apportant les plats -

Et Papa au piano -

Une ombre apparut sur le sable. Elle la regarda comme s'il s'agissait d'un mirage, l'un des tours joués par les petits soleils, mais elle restait bien en place, ne se transformait pas, ne disparaissait pas. Elle marcha sur elle et sentit une haute présence qui la surplombait derrière elle.

Un arbre.

Elle se tenait près d'un grand arbre au feuillage touffu. Elle l'entoura, n'osa pas le toucher de peur qu'il ne s'évanouisse. Puis elle remarqua de la mousse à sa base, et cette vision l'encouragea à caresser l'écorce et à poser sa joue contre elle. Elle aurait bien voulu s'allonger ici, sous l'arbre, à l'ombre de ses branches feuillues et s'endormir comme une petite fille dans un conte.

Elle aperçut une clôture – elle était faite de planches en bois brun se terminant en pointes comme une rangée de crayons plats. Il y avait également un porche au sein de cette clôture, comme à la maison, et il semblait s'ouvrir tout seul comme dans un conte de fées. Elle le franchit et marcha le long d'une allée de gravier blanc entre deux platebandes couvertes de fleurs. A proximité de la clôture poussaient des petits œillets d'un rose tirant sur le violet, avec des pétales tachetés et dégageant une subtile fragrance. On trouvait de l'autre côté des grandes tulipes à feuilles charnues, chacune d'une couleur différente. Plus loin prospéraient des buissons dont les fleurs odorantes étaient blanches, une plante à baies rouges poussait entre eux, et enfin, bien alignées comme une rangée de soldats - des marguerites.

"Des marguerites » murmura-t-elle.

Elle se rapprocha, se pencha, sentit sur ses joues la caresse des grands pétales, allongea un bras mais le laissa retomber, ne rien toucher, ne rien toucher, ne pas mettre un terme à ce rêve merveilleux. Elle parcourut lentement l'allée, s'assit, ferma les yeux et huma l'air qui embaumait. Soudain quelqu'un se dressa devant elle. Le soldat allait-il la chasser encore une fois ? Elle ouvrit les yeux et vit une paire de bottes sur le gravier de l'allée. Elle les étudia, essayant de comprendre pourquoi l'allée de graviers se trouvait là elle aussi – car s'il s'agissait d'un soldat, il aurait dû se tenir sur du sable. Elle ne savait pas quoi penser et se sentait un perdue. Dans son esprit commençait à pointer l'idée qu'il ne s'agissait pas d'un rêve, qu'elle se trouvait dans un vrai jardin, sur une allée de gravier délimitée par une clôture en forme de crayons plats, et avec un arbre, un arbre véritable, massif et donnant de l'ombre. Elle le regarda à travers ses cils, n'osant pas lever les yeux, éprouvant le menace qui planait au-dessus d'elle.

Une voix calme et virile la fit sursauter.

"Bonjour ma jolie."

Elle le regarda et s'immobilisa.

C'était lui, le Soldat aux Boutons Dorés.

Elle se leva d'un bond, tous ses sens en éveil désormais. En un éclair elle comprit que quelque chose de terrible avait dû se produire, même si elle ne savait pas trop quoi. La seule chose dont elle était sûre pour le moment, c'était qu'elle se trouvait ici toute seule, en tête à tête avec le Soldat aux Boutons Dorés. Mais où ? Où était-elle ?

Et alors elle comprit. La pancarte !

Elle avait outrepassé la limite indiquée par la pancarte avertissant les intrus. Comme le garçon dont le corps sans vie avait été exposé toute une journée durant l'appel.

Elle agrippa la clôture et resta immobile, comme si elle attendait un peloton d'exécution.

"Comme c'est gentil de me rendre visite."

Biba sentit un frisson lui parcourir l'échine.

"Nous sommes de vieux amis, n'est-ce pas ?"

Elle évalua sa position d'un coup d'œil. Le porche était trop loin - elle ne pourrait jamais l'atteindre. Et de toute façon, quelle folie de penser qu'elle pourrait même avancer d'un pas sans son autorisation ou son commandement. Les épaules rentrées, elle attendit.

"Viens, ma jolie, viens !"

Non, il ne servait à rien de penser à s'envoler. Elle se trouvait entre ses mains. Il faudrait qu'elle fasse ce qu'il lui dirait.

Il lui dit de marcher vers la maison, et elle obéit, hébétée par la peur et s'attendant au pire. Sa main sur l'épaule de Biba était comme un charbon ardent. Elle marcha le long du chemin en gravier jusqu'à la maison.

Le Soldat aux Boutons Dorés ouvrit la porte et lui dit d'entrer. Elle avança, franchit le seuil, puis recula : huit paires de bottes se tenaient devant elle, huit personnes en uniformes bien taillés, huit soldats aux boutons dorés. Tous lui souriaient poliment.

"Messieurs, » annonça solennellement le Soldat aux Boutons Dorés, en détachant chaque mot, « comme vous pouvez le voir, cette petite demoiselle est venue nous honorer de sa présence. J'espère que vous lui témoignerez toute l'attention qui lui est due."

Les officiers s'inclinèrent tous impeccablement.

"Elle est la bienvenue ! » dit le gras officier, celui qui avait jadis emmené la Grande Fille.

Biba se demanda si elle devait prononcer quelques mots en guise de réponse, mais elle attendit qu'on le lui dise.

"Et comment s'appelle cette petite demoiselle ? » questionna un officier en rapprochant son visage de celui de Biba.

"Biba », prononça Biba d'une voix enrouée par la peur.

"Biba ! » - il semblait amusé- Vous avez entendu ça ? Biba !"

Ils éclatèrent tous de rire comme si elle avait dit quelque chose de désopilant.

"Biba est un très joli nom, » déclara un officier en lui caressant les cheveux. Elle supporta le tout avec courage sans ciller. « J'ai moi-même une petite fille qui s'appelle Biba, » ajouta-t-il.

"Eh bien, Messieurs, » dit le Soldat aux Boutons Dorés, « le Dîner est servi."

"J'espère, ajouta-t-il en se tournant vers Biba, « que tu ne refuseras pas de te joindre à nous, jeune demoiselle."

Il la gratifia d'un petit salut de la tête, et sa main sur l'épaule de Biba, la conduisit vers une porte au bout du corridor.

Alarmée, Biba marchait, fixant la porte les yeux écarquillés. Elle pouvait entendre le tintement du verre de l'autre côté. Que se passait-il dans cette pièce ? Que lui feraient-ils là-bas ? Elle alla jusqu'à la porte et s'arrêta.

Le Soldat aux Boutons Dorés l'invita d'un geste, mais Biba resta immobile. Les officiers derrière elle s'étaient arrêtés également, il semblaient attendre que leur « jeune demoiselle » ne les guide, mais Biba restait là où elle se trouvait, terrorisée.

Qu'est-ce qui l'attendait ? Le Soldat aux Boutons Dorés la poussa légèrement et elle trébucha en avant – un pas, puis un autre, et elle entra.

La première chose que ses yeux aperçurent fut une table décorée pour une fête ; nappe blanche, assiettes, argenterie rutilante, hauts verres étincelants, corbeille remplie de pain frais qui embaumait, carafes pleines d'eau glacée, saladiers débordants de fruits.

Riant et devisant, les officiers se dirigèrent vers leur place, restant debout devant leur chaise en attendant que Biba ne s'assoie la première. Seul le Soldat aux boutons Dorés était resté près de Biba.

"Bien », dit-il, « est-ce que cela te plaît ? Tout a été préparé spécialement pour toi."

Biba continuait à regarder la table, la bouche sèche, apeurée, affligée soudain d'une soif irrépressible.

"Ta place est là-bas, » dit-il, et il la mena jusqu'au bout de la table.

La chaise était trop haute pour Biba, de même que la table : seul son nez dépassa quand elle s'assit. Ils partirent tous d'un gros rire à cette vue, et leur rire était si franc, si joyeux que Biba se retrouva à rire avec eux.

Et maintenant sa peur commençait à s'estomper. Après tout, elle se retrouvait devant une table richement garnie, en compagnie de ces officiers, tous aimables et de bonne humeur comme si sa présence ne témoignait rien d'autre qu'une visite de courtoisie.

Quelqu'un apporta un grand coussin et le plaça sur la chaise de Biba, désormais, elle était plus haute qu'eux.

"Il ne lui manque qu'une couronne sur la tête."

Sa peur avait complètement disparu. Bien droite sur sa chaise, elle essayait de se montrer à la hauteur de l'occasion et même de se comporter un peu comme une dame envers eux. Ils avaient l'air tellement différents – ils ne ressemblaient plus du tout à des officiers. Les serviettes de table qu'ils avaient attachées autour du cou recouvraient une partie de leur uniforme, leurs bottes étaient sous la table, invisibles et ils avaient retiré leurs ceinturons et casquettes. Elles les voyaient d'un autre œil en raison de cette différence. Ils étaient gentils et l'appréciaient. Ils devaient l'apprécier en effet puisqu'ils l'avaient invitée à leur table et que l'un d'entre eux avait même une fille prénommée Biba.

"Et comment va notre petite princesse ?"

Biba sourit, toute contente et les remercia des yeux pour leur gentillesse. Elle regarda la carafe devant elle et désirait boire. Une main surgit au-dessus de la table, se saisit de la carafe et versa de l'eau dans un verre. Biba suivit le tout de ses yeux, contempla le jet clair qui remplissait le verre et les glaçons qui flottaient à la surface, et elle ressentit la soif plus intensément. Elle pensa à présenter son verre pour qu'il soit rempli, mais estima qu'il valait mieux ne rien faire sans y être invitée. Elle attendrait qu'on lui en propose.

Les officiers arrangeaient leurs serviettes, jouaient avec leurs cuillers, grignotaient du pain, buvaient de l'eau en attendant. La porte à l'autre bout de la pièce, en face de Biba, finit par s'ouvrir et un soldat entra. Il tenait un plateau au-dessus de sa tête et sur ce plateau on voyait une grande soupière en porcelaine de chine qui dégageait un fumet à mettre l'eau à la bouche. Les mains de Biba s'agitaient inlassablement sur la table. Cette odeur la submergea totalement. Elle prépara son assiette. Le soldat commença à servir, commençant à la gauche de Biba et faisant le tour de la table pour revenir vers elle.

Elle l'attendait avec impatience, le remerciant à l'avance, mais il ne fit que déposer la soupière du plateau sur la table, juste devant Biba et partit. Elle le suivit du regard, ébahie, interloquée. Peut-être avait-il oublié quelque chose et reviendrait-il dans une minute ? Elle regarda la porte qui s'était refermée derrière lui, puis les officiers. Tous mangeaient. La porte restait fermée, la soupière était posée sur la table, tout le monde avait été servi et seule l'assiette de Biba était vide. L'avaient-ils oubliée ?

Elle regarda ses voisins de table à droite et à gauche, mais personne ne fit attention à elle, personne ne lui jeta un simple coup d'œil. Que devait-elle faire ? Elle voyait les boulettes jaune d'or nager à la surface et entrer en collision avec des petits morceaux de carottes, les fines herbes et les épices dont les senteurs délicieuses envahissaient la pièce. La soupière était posée devant Biba, son bord recouvert de vapeur.

Peut-être voulaient-ils qu'elle se serve elle-même ? C'était ça ! Pourquoi n'y avait-elle pas pensé avant ? Il était évident qu'elle ne pouvait pas être servie comme les officiers. Il fallait qu'elle se serve toute seule. C'était bien entendu la raison pour laquelle on avait laissé la soupière si près de sa place - elle pourrait ainsi l'atteindre.

Elle risqua un autre coup d'œil afin de s'assurer qu'elle n'allait pas faire quelque chose qu'elle n'aurait pas dû, puis elle se leva légèrement et avança une main. Elle tremblait un peu à l'idée que dans un instant elle allait remplir son assiette de cette délicieuse soupe puis en porter une cuillerée à sa bouche. Tout en ressentant des picotements d'excitation, elle regarda une dernière fois les officiers. Ils étaient tous occupés à se pencher au-dessus de leur assiette. Elle voulut se saisir de la louche mais juste à se moment, la main d'un officier surgit de nulle part, et enleva la soupière.

Quand elle revint elle était vide. Biba se recroquevilla sur sa chaise, tachant de se faire toute petite et de se cacher. Mais quelques instants plus tard, elle se reprit, consciente de se trouver parmi des officiers et de devoir se comporter conformément à ce que l'on attendait de sa part. Elle avait dû sans doute commettre un impair et elle était punie pour cela en étant privée de soupe. Elle ne devait rien faire sans qu'on le lui dise, sans qu'elle en reçoive l'autorisation la plus expresse. Elle avait soif. Elle devenait à chaque instant plus assoiffée, et elle se rendit compte soudain que son verre avait disparu. Elle regarda la carafe. Les glaçons avaient presque totalement fondu : seuls deux petits cubes argentés continuaient à y flotter. Elle les contempla jusqu'à ce qu'ils finissent eux aussi par disparaître, puis reporta son regard sur les officiers. Ils terminaient leur soupe. Peut-être ne lui en avaient-ils pas donné parce qu'il n'y en avait pas assez pour tout le monde ? Ah, mais alors ils lui laisseraient sans doute une part du plat principal.

Mais quand vint le tour du plat principal, l'assiette de Biba resta vide. La bouche sèche, elle regarda le soldat remplir la carafe et quand il y fit tomber des glaçons, quelques gouttes d'eau aspergèrent le front en sueur de Biba ; ardemment, elle les regarda commencer à fondre. Si seulement elle avait pu tremper ses lèvres !

La soupière avait été remplacée par un saladier de laitue. Elle inspira la forte odeur de vinaigre au point de se faire mal au mâchoires, aperçut les feuilles vertes et craquantes et sentit sa bouche devenir sèche. Elle les entendit se verser de l'eau dans leurs verres et les vit couper la viande, elle vit le vinaigre tomber goutte à goutte des feuilles de laitue, vit et entendit leurs dents mâcher la nourriture, planter leurs fourchettes dans un pâté en croûte marron, essuyer leurs mentons avec leurs serviettes.

Et les senteurs de tous ces plats devant elle se mélangèrent et lui firent très mal - c'était une douleur qui tordait son ventre et brûlait ses lèvres. Elle défaillait, désirait poser sa tête sur la table et s'endormir. Elle devenait de plus en plus confuse, incapable de se concentrer, uniquement consciente d'avoir soif, tellement soif – qu'elle allait s'évanouir si elle ne pouvait pas au moins tremper ses lèvres.

Ses yeux se posèrent sur la carafe. Elle voulut bondir, la saisir de ses deux mains, se cacher sous la table et boire, boire, boire, quoi qu'il pût se passer ensuite. Mais à mesure qu'elle contemplait la carafe, elle semblait rapetisser, devenir de plus en plus petite, puis elle bougea et fut hors d'atteinte.

La porte s'ouvrit de nouveau : c'était le soldat portant le plateau, et sur lui un plat unique – grand et vide.

Le souffle coupé, elle contempla son arrivée.

Il se rapprocha de la table, y posa le plateau et commença à se déplacer d'un officier à l'autre, déposant sur le plat qu'il tenait à la main les restes de nourriture – commençant à la gauche de Biba et faisant le tour de la table.

Biba se sentit revivre.

"Voilà ma part. C'est pour moi, » se dit elle.

"Mais bien sûr ! Comment ai-je pu penser qu'ils me laisseraient manger avec eux, partager les mêmes plats. Ce sont des officiers ! Mais ce n'est pas grave, ce n'est pas grave du tout, du moment qu'ils me laissent manger un petit peu à la fin. Ce n'est pas sale du tout, c'est seulement ce qu'ils ont laissé sur leurs assiettes - ils n'y ont pas touché – c'est propre - assurément - oui, oui, il arrive. Oh, il apporte vraiment plein de nourriture ! Et maintenant il va aussi me donner de l'eau, évidemment. Peut-être même toute la carafe..."

Le soldat s'approchait lentement. Biba bougeait et remuait sur sa chaise, elle commença à se pousser un peu pour faire de la place mais se retint, ne sachant pas si elle avait le droit de le faire. Et elle ne voulait pas prendre le risque de se faire punir encore une fois. Pas maintenant !

Elle ne lâchait pas le plat des yeux, imaginant le goût de chaque reste qui s'y trouvait, la sensation dans sa bouche…

Le soldat se tenait devant elle. Il bougea pour lui offrir le plat – mais lentement et le gardant en l'air au-dessus d'elle tout en contemplant son visage. Biba croisa son regard. Elle le reconnut et sourit. Il semblait mal à l'aise et tenta d'éviter son regard. Elle le connaissait, il appartenait au groupe du soldat rencontré près de la clôture. Qu'avait-il pourtant à garder le plat au-dessus d'elle alors qu'il savait très bien à quel point elle avait faim ? Elle se sentit devenir de plus en plus nerveuse. Le soldat abaissa le plat presque devant elle, avant de se détourner brusquement et de partir.

"Non ! » glapit-elle, et ses bras se levèrent après lui.

Une explosion de rires la traversa. Ébahie, elle mit une main devant sa bouche pour étouffer le cri qui en sortait. Pétrifiée de terreur, elle contempla les gros visages autour de la table, leurs grasses lèvres éructant de rire.

"Enfin !"

Biba restait assise. Le coussin avait glissé sur le sol mais elle ne s'en était pas rendue compte. Son visage lui faisait mal, et ses lèvres étaient si sèches qu'elles n'osaient plus les entrouvrir de peur qu'elles ne se mettent à saigner. Elle baissa la tête, ne voulant pas leur montrer les larmes qu'elle ne parvenait plus à retenir.

Les officiers continuaient à rire en essuyant leurs lèvres, tamponnant leurs yeux de leurs serviettes.

"Félicitations ! C'était vraiment brillant !"

"C'est avec les enfants que cela marche le mieux. Il faut stimuler leur imagination, gagner leur confiance – et alors vous pouvez faire d'eux ce que vous voulez, » expliquait le Soldat aux Boutons Dorés. Il alluma une cigarette et s'assit, satisfait.

"Mais cela nécessite tout de même un peu de patience."

"Vous avez remarqué à quel point elle espérait au moins obtenir les restes ?"

"Jusqu'au denier moment, elle n'a pas perdu espoir !"

Ils servaient à boire, pelaient des fruits, fumaient, ricanaient, regardaient Biba, se poussaient du coude, murmuraient, gigotaient, se lançaient des toasts.

Le Soldat aux Boutons Dorés était tranquillement assis et fumait en regardant Biba pensivement. Il semblait autant satisfait qu'après une grande victoire qui mérite félicitations et honneurs.

Une idée sembla lui traverser l'esprit. Il fit tinter un verre afin d'attirer l'attention générale, et lorsque le silence régna il prononça d'une voix douce et réfléchie :

"Je suis prêt à parier qu'elle espère encore."

"C'est impossible !"

"Après tout ça ?"

"Je ne peux le croire."

"J'y crois."

"Moi aussi."

"Approchez tous ! » commanda le Soldat aux Boutons Dorés.

Les chaises raclèrent le sol quand ils se levèrent en murmurant.

Biba resta toute seule en bout de table, les yeux baissés, les larmes coulant le long de son visage et tombant dans l'assiette vide devant elle. Leurs murmures lui parvenaient à travers le bourdonnement de ses oreilles, mais elle ne parvenait pas à comprendre ce qu'ils disaient. Désormais, elle ne pensait plus qu'à une chose, le gobelet d'eau à moitié plein qui l'attendait dans la baraque. Combien de temps allaient-ils encore la garder ? Pourquoi donc ne pouvaient-ils pas au moins la laisser partir maintenant ? Qu'attendaient-ils ? Pourquoi ne la laissaient-ils pas partir ?

Les officiers quittèrent leur conciliabule et reprirent leur place autour de la table, se tenant derrière leur chaise comme lorsqu'ils avaient attendu que Biba ne s'assoie avant eux. Ils appelèrent le soldat qui arriva avec son plateau. Le Soldat aux Boutons Dorés en retira des choses et les disposa sur la table, reculant un peu pour évaluer sa présentation, puis il déplaça un ou deux objets, désirant probablement s'assurer que tout était parfaitement en place. Il se tourna enfin vers Biba.

"Viens, petite, viens ici."

Cette voix sembla à Biba provenir de très loin, elle était grave et résonnait comme si elle sortait d'un puits, et l'écho du dernier mot n'arrêtait pas de retentir. Elle leva les yeux et sa tête vacilla. Tout semblait en mouvement devant ses yeux – la longue table, les gros visages derrière, les grandes mains qui se rapprochaient d'elle à présent, grossissant toujours plus comme celles de l'ogre géant qui avait voulu dévorer les nains dans leur lit. Elle cligna des yeux, essayant

de donner du sens à la scène. Les mains étaient toujours là. Elles appartenaient au Soldat au Bouton Doré.

"Approche, Biba, viens ici ! » dit-il.

Elle voulait bouger mais n'y parvenait pas. Il se rapprocha d'un pas, et elle ressentit la menace exprimée par ses manières. Elle essaya une nouvelle fois de se lever mais sa chaise était trop proche de la table.

Quelqu'un tira la chaise en arrière pour l'aider. Elle se leva.

"Viens donc ! » dit-il, d'un ton plus strict, mais encore poli. Elle marcha lentement sur l'épais tapis et s'arrêta quand il le lui dit. Elle était maintenant à nouveau entourée par des bottes, par des officiers en uniforme, avec ceinturons et pistolets. Cela ressemblait à leur apparition lors d'un appel, ils arboraient les mêmes rictus pour la Grande Fille qu'ils avaient emmenée et pour la fillette qui ne voulait pas frapper sa mère et pour le corps sans vie du garçon. Elle était prête à se soumettre à leurs ordres.

L'officier qui avait une fille comme Biba fit un pas en avant et s'accroupit devant elle.

"Regarde bien, Biba, dit-il, tu vois donc les plats sur la table ? Bien, chaque plat contient l'un des mets que nous avons eus aujourd'hui pour dîner. » Il parlait lentement et prenait tout son temps, s'assurant qu'elle le comprenait. « Maintenant, il n'y a qu'une part dans chaque plat – un morceau de viande, une tranche de pain, un peu de laitue, etc.. Tu peux tout inspecter et alors choisir l'un de ces plats."

Biba attendit qu'il finisse tout ce qu'il avait à dire. Le Soldat aux Boutons Dorés demanda : « As-tu tout compris ? De tout ce qui se trouve sur la table, tu ne peux prendre qu'une seule chose - seulement une ! A toi de *choisir*."

Elle dressa la tête et lentement, leva ses yeux, plongeant son regard dans le sien. Elle ne se déroba pas. Pour la première fois, elle se tenait devant lui le dos droit et la tête haute – sans peur. Elle le contempla calmement, dignement, un sourire sur les lèvres – de la même manière qu'il l'avait regardée la première fois. Elle pensa qu'elle avait attendu longtemps ce moment, et elle était contente qu'il était venu et qu'elle avait trouvé le courage de soutenir ce défi.

Il dégagea sa tête en arrière comme s'il avait voulu enlever un cheveu de son front et l'un des muscles de sa bouche commença à tressauter. Il lança un coup d'œil aux alentours afin de vérifier si les autres avaient remarqué le changement soudain du comportement de Biba ainsi que sa propre nervosité. Mais il n'allait pas abandonner de sitôt, et reprit la parole en contrôlant sa voix :

"Ce que tu choisiras sera à toi, quoi que ce soit. Regarde, il y a de l'eau également – tu peux boire un verre entier !"

Biba regarda le verre. Sa bouche parcheminée s'entrouvrit mais ses bras restèrent fermement attachés à ses côtés. Elle observa la table sans un geste, les plats, la nourriture, l'eau – tout semblait irréel, comme des dessins sur du sable qui disparaîtraient au toucher.

Son regard porta plus loin que l'emplacement des plats et elle aperçut un vase rempli de marguerites, leurs grands pétales dominaient avec majesté la rangée des plats, c'était une île de réalité. Elle garda les yeux sur les fleurs, et elles irradièrent tout ce qui manquait dans cette pièce – lumière, espace, chaleur, beauté- et l'inondèrent du merveilleux sentiment qu'il existait quelque chose qui n'appartenait qu'à elle.

Une idée lui vint. Elle prendrait une marguerite. Oui, elle se contenterait d'une unique marguerite. Ils avaient dit qu'elle pouvait prendre n'importe quoi sur la table - alors pourquoi pas une marguerite ? C'était la seule chose qu'elle désirait vraiment.

Elle regarda les officiers, puis le vase. Oui, elle allait le faire. Ils allaient sans doute être interloqués. Ils pensaient évidemment qu'elle avait du mal à choisir un plat car elle les voulait tous. Mais elle allait tout laisser et ne prendre qu'une marguerite, puis marcher le long de toutes ces bottes, traverser le jardin, passer devant le grand arbre, parmi tous les petits soleils sur le sable – elle marcherait, illuminée par la magnificence de sa fleur, marcherait à travers le camp, le long des baraques, le long des châlits jusqu'au lit où sa mère était allongée et c'est seulement là qu'elle s'arrêterait. Elle se tiendrait devant elle avec la fleur et dirait :

"Joyeux anniversaire, maman !"

Et Maman prendrait la fleur, la sentirait, et ce parfum lui colorerait les joues, renforcerait la vigueur de ses membres, et elle se rétablirait comme dans le conte du jeune garçon et du cœur...

"Eh bien, que se passe-t-il ? » la voix du Soldat aux Boutons Dorés la tira de sa rêverie. Il la tourna brutalement vers lui. « Veux-tu quelque chose oui ou non ?"

"Oui, je veux bien ! » répondit-elle d'une voix ferme.

Elle le regarda sans peur. Il n'y avait rien qu'il ne pût lui faire de plus. Il avait perdu son emprise sur elle, il s'en était rendu compte. Elle regarda les autres et elle les gêna car ils fuyaient son regard.

Biba se dirigea vers la table et les fleurs semblaient l'inviter. Elle pouvait déjà imaginer Maman, toute heureuse, ses longs cheveux déployés sur ses épaules, son visage rayonnant de bonheur, impatiente à l'idée de danser avec Biba après la lecture du poème dédié à son anniversaire.

Sa main se dirigea vers la fleur – et alors une autre image se forma dans son esprit, l'image de sa Maman aujourd'hui, en ce moment, là-bas dans la blanchisserie - courbée, gracile, le visage vieilli, gris et sans vie, les mains tremblantes tenant un morceau de pain et l'apportant avec précaution à sa mouche miette après miette... Cette image était bien présente, elle vivait et sa réalité éclatait devant ses yeux.

Elle se détourna des fleurs, rechercha une tranche de pain parmi les plats, la trouva – une tranche épaisse, aussi grande qu'une ration de trois jours. Elle savait qu'elle faisait ce que les officiers attendaient d'elle, savait qu'elle leur donnait une nouvelle occasion de rire et de triompher – mais elle savait aussi que c'était de ce pain dont sa mère avait besoin. Elle avança la main et s'en saisit, tourna les talons et se rapprocha de la porte. Elle marcha entre les deux rangs de bottes noires, sortit de la pièce, marcha le long du sentier en gravier blanc, dépassa le panneau d'avertissement – suivie par le rire des officiers. Mais Biba n'entendit rien. Elle arriva près de la blanchisserie, regarda à travers la serrure et lorsqu'elle vit que Maman était toujours là, elle se cala contre une paroi de la baraque et attendit, le pain dans une main comme une fleur, ses lèvres en train de murmurer :

"Je suis une petite souris... une petite souris..."

Mais malgré tous ses efforts, elle ne put se souvenir de la suite du poème.